임용수 포토에세이

나는 도전과 열정의 대한민국이다

임용수

1968년 4월 3일 生
부모님 사이에서 10남매 중 아홉번째로 태어남

학력 : 충주농고 수석졸업, 연암대학교 졸업
경력 : 먹고살기 위해 13가지 이상 직업. 현재직업 : 보온공
삼성반도체, 파주디스플레이, 이천 하이닉스반도체, 탕정LCD 현장, 롯데월드123 Projet, 해외Projet 다수 진행함. 현재는 평택 고덕 삼성반도체 현장에서 팀리더로써 일을 하고 있다. 하루하루 목숨 걸고 살아가고 있다.

임용수 포토에세이
나는 도전과 열정의 대한민국이다

초판1쇄 인쇄 I 2020년 6월 15일
초판1쇄 발행 I 2020년 6월 15일
펴낸곳 I 도서출판 그림책
지은이 I 임용수
주 소 I 경기도 수원시 영통구 이의동 웰빙타운로 70
전 화 I 070-4105-8439
E - mail I khbang21@naver. com
표지디자인 I 토마토

Published by 그림책 Co. Ltd. Printed in Korea

임용수 포토에세이

나는 도전과 열정의 대한민국이다

임용수 포토에세이

“나는 도전과 열정의 대한민국이다”를 펴내며

거리의 포토그래퍼!
목사인 친구가 내게 부쳐준 별명이다.
일을 하지 않으면 나는 늘 거리에서 카메라를 메고 세상을 관찰하고 세상을 향해 거리를 향해 카메라로 보는 게 나의 취미였다.
비가 오나 눈이오나 나는 늘 거리에서 세상을 보는 게 나의 유일한 힐링이었다.

작가!
중학교 때 국어 선생님께서 앞으로 자신의 꿈에 대하여 적어보라는 숙제를 내주셔서 난 그때 당당히 작가로 살겠노라고 원고지에 써내고 일기장에도 작가로 살아가겠노라고 적어 놓았다.

시간이 흘러 지천명의 나이!
그동안에 사랑하는 가족들이 하늘나라로 많이 갔다. 어떻게 사는 게 행복하게 살아가는 것일까? 라는 명제가 내 인생 화두였다.
내 인생에서 가장 아픈 추억은 사랑하는 엄니가 말년에 병으로 고생하시다가 아프게 돌아가신 모습이 가장 아픈 기억이다. 엄니 살아 생전에 효도도 못해드리고 잘 사는 모습도 보여드리지 못하고,

다치고, 넘어지고, 술 먹고, 정신 못 차리고, 그런 모습만 보여 드린 거 같아 죄송하다.
엄니가 천국 가신지 열두 해가 된다.

늦게나마 사랑하는 엄니를 위해 이 책을 썼다.
천국에서나마 기뻐하시리라 믿는다.
이 책을 천국에 계신 엄니와 셋째 누님에게 바친다.

그리고 이 다음에 천국에서 엄니를 만나면
세상에서 한 번도 못해본 말
포옹을 하면서
"엄니 사랑해요!"
이 말을 꼭하고 싶다.

2020년 4월 19일
- 평택 센트럴자이 나의 서재에서

임용수 포토에세이

나는 도전과 열정의 대한민국이다

제 1부

나는 도전과 열정의 대한민국이다

제2부

나를 돌아본다

제3부

책속에 길이 있다

THE NORTH FACE
EOS DIGITAL

임용수 포토에세이 1부

나는 도전과 열정의 대한민국이다

2013년 여름 현장에서 나의 발을 책임져준 안전화다. 그 뜨겁고 힘든 현장을 꿋꿋하게 버텨주는 고마운 신발이다. 나의 20대 30대의 삶은 몇 번의 죽을 고비를 넘겼다. 그 후유증으로 고통스럽지만 난 살아가고 있고 나의 목표와 꿈을 위해 도전하고 있다. 오늘 하루도 무한 감사하면서 살아 있음에 감사한다. - 2014. 1. 28.

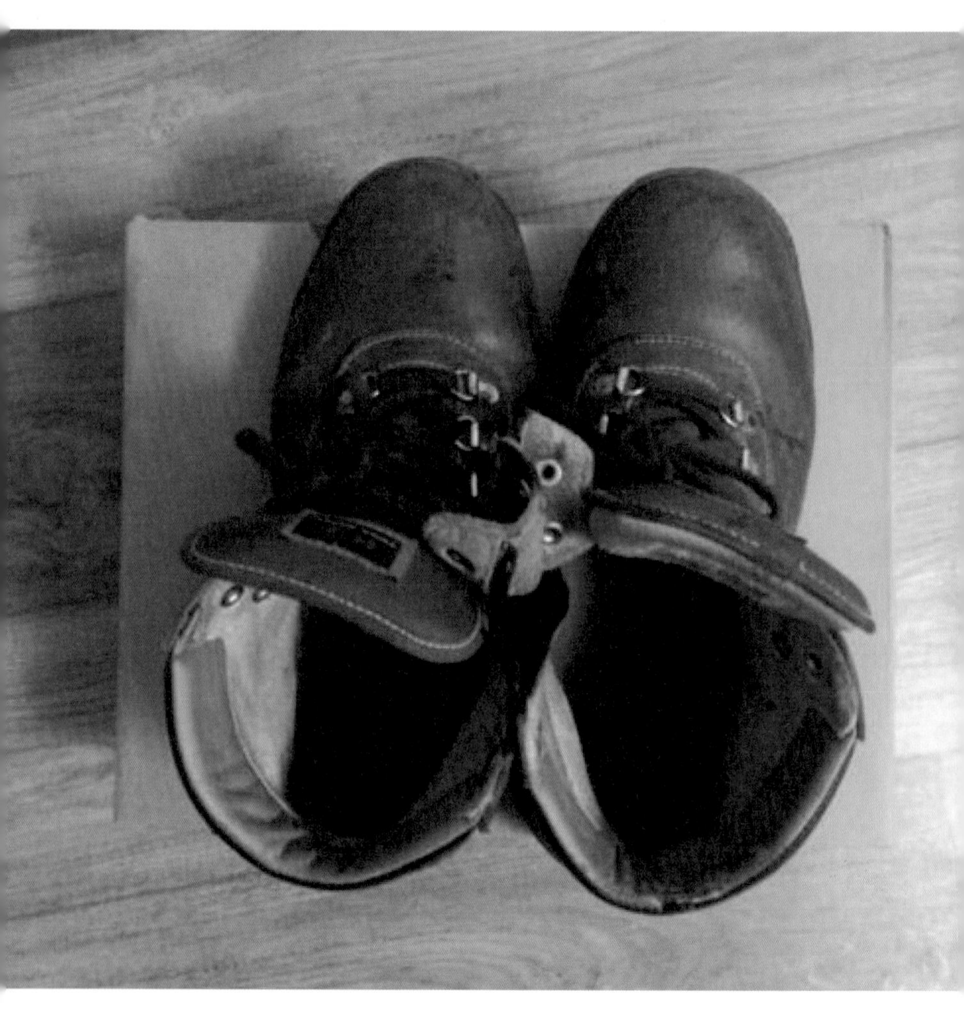

현재 지금 울산 현대 중공업 조선소에 있다. 본격적으로 일하기에 앞서서 현장 들어가기 위해 대기 중이다. 조선소는 처음이고 낯선 환경 그리고 수많은 오토바이들, 오늘부터 새로운 삶이 기다린다. 파이팅!!! - 2014. 2. 5.

현장에서 일하다가 20미터 이상 높이에서 바라보았다. 추락, 협착(끼임), 전도(쓰러짐)이 현장근로자들의 3대 중대사고로 제일 많이 일어나는 사고다. 오늘도 평균 3명 이상이 현장에서 사고로 죽었다. 안전보다 더 중요한 것은 없다. 생명의 존중, 오늘도 하루를 마감하면서 근로자들이 무사히 웃으면서 퇴근하기를 빌어본다. - 2014. 3. 25.

하루 종일 전쟁터 같은 현장에서 일하다가 보면 공정 때문에 다른 사람들과 싸움질을 할 때도 있다. 돌발과 생각지도 못했던 일들이 종종 일어난다. 무사히 마치고 하루 일과를 마치고 한 잔 생각이 간절하다. 쐬주 한 잔 생각나는 저녁이다. - 2014. 4. 3.

2010년에 리비아에서 끝까지 공사를 같이한 방글라데시 친구들이다. 같이 온 형님들도 파트를 나누워서 일을 했는데 내가 제일 하기 싫어하는 유리솜 보온(일명 우린 깔깔이라 부른다)을 했는데 20대 초반 젊은이들인 이 친구들도 따가우니까 하기 싫어했다. 난 마지막 무렵 빡세게 하지 않고 할당량을 마치면 지중해 바다를 바라보고 바람을 쐬며 시간을 보냈다. 지중해를 바라보며 그들은 무슨 생각을 하고 있을까? 일을 끝내고 마지막 회식하는 날, 그들과 헤어지면서 난 지갑에서 만원씩 선물을 하고 포옹을 하고 헤어졌다. 캠프로 돌아가는 모습을 보니 왠지 가슴 뭉클했다. 사진 속 주인공은 알이프와 하니프다. 다시 만날 수 있을는지요? - 2014. 4. 20.

JW MARRIOTT TRIPOLI HOTEL 사진이다. 2010년에 리비아 트리폴리 호텔 공사 프로젝트! 이 나라의 최고급 호화호텔공사다. 이 공사에 참여한 노동자들은 리비아, 이집트, 제일 많이 참여한 방글라데시 그리고 코리아다. 다국적 공사였다. 해외 담당자가 카메라는 공산국가라며 자제를 부탁하여 혹 몰래 똑딱이 디카를 챙겨갔다. 이게 없었다면 사진으로 남기지 못했겠지. - 2014. 4. 20.

나의 밥줄이지 생계도구며 돈벌이를 할수 있는 공구다. 난 필요한 공구가 있으면 투자해서 아낌없이 산다. 이것도 투자 안하고 그냥 공짜로 얻으려는 얌체족도 더러 있다. 깡통은 나의 사수되시는 분의 수제 발명품으로 공구를 챙기고 다닐 수 있어 편하다. 2010년 해외공사 리비아에서 내게 만들어 주신 거다. 아직도 짱짱하고 튼튼하다. 적극적으로 성실하게 일하자. 일 할 수 있음에 감사하자. 내일부터 S3 프로젝트 현장에 투입된다. 현장이 바뀔 때마다 불안감과 두려움도 있다. 며칠 적응하기가 힘들 거다. 그래도 버티어 이겨야한다. 또 다른 내일을 기대하며 오늘은 쉰다. 새로운 전쟁에서 승리를 꿈꾸면서… - 2014. 4. 21.

오늘 주일임에도 불구하고 일을 한다. 반도체 현장은 시간 싸움이기에 정해진 시간에 일을 해야 한다. 일을 하고 지난 주에 피곤한 가운데 일을 해줘서 고맙다며 오늘 일나온 사람들에게 삼겹살을 사주었다. 속도전으로 저녁을 해결하고 잠을 자고 나서 독서와 7080 음악을 듣는다. 조용하게 책을 읽는다. 조선의 임금 중 세종대왕은 애서가이셨다. 지금 당장 효과와 결과를 나타낼 수 없더라도 난 좋다. 책이 있어서… 그리고 감사함을 잊지 말자!! - 2014. 4. 28.

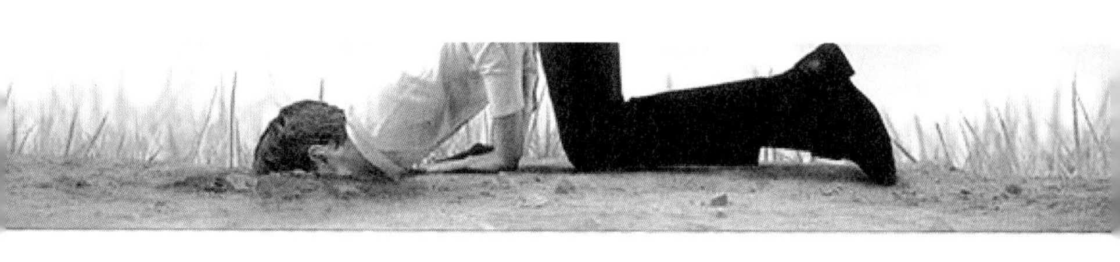

관점을 디자인하라

반도체 공사 S3 PROJET공사 현장 정문입구 모습이다. 먹고살기 위한 도구다. 보통 치열한 세계가 아니다. 23일 동안 짧은 시간 지원을 나갔다. 여기서 난 스스로에게 감사함을 잊지 말자며 스스로를 위로하면서 하루하루를 이겨냈다. 모든 근로자들이 몸도 행복, 마음도 행복, 영혼도 행복하게 이 프로젝트를 무사히 마치기를 조용히 기도한다. 안전은 모든 것에 우선한다!! - 2014. 5. 15.

오늘은 휴일, 매일 강행군 속에 철거 작업 신축하는 것보다 철거하는 일이 배가 힘들다. 그전에 파이프 보온을 유리솜 보온재로 했기에 철거시 철저히 무장했어도 덥고 땀이 나면 유리솜가루와 가시로 짜증이 늘어간다. 그렇다고 돈을 더 지급하는 것도 아니다. 일주일에 하루 쉬는 달콤한 휴식!!! 그냥 방에서 하루 종일 죽 때리려다 사진기를 들고 세상으로 나서본다. 오늘은 무장해제… 아침부터 흐림이지만 부지런하지 않으면 좋은 순간을 만날 수 없다. 오늘도 즐겁게 찍어보자!! - 2014. 6. 4.

하루에 건강하려면 만보 이상을 걸으라고 의사들은 조언한다. 내가 하루 걷는 양은 거의 이만보 가까이 된다. 평균적인 양보다 많이 걷는다. 운동과 노동은 차이가 있는 법. 발이 하루 종일 받는 하중의 무게는 50톤 정도 된다. 하루 종일 현장에서 걷고 파이프에 오르면 피로도가 장난이 아니다. 사무실에서 주는 안전화는 최고로 싼 것을 준다. 발의 피로도가 장난이 아니다. 그래서 내 개인적으로 사서 신는다. 이번에도 새로 샀다. 지난 스승의 날엔 스승이신 형님이 싼 안전화 때문에 발에 불이 난다고 하시기에 스승의 날 선물로 그 가게에서 최고로 좋고 비싼 안전화를 선물해 드렸더니 스승님 왈, 대가리 털 나서 처음으로 비싼 것을 신어 본단다. 처음에 며칠 동안 관리를 잘해야 한다. 식당에서 헌 거와 바꿔 신고 가는 경우가 종종 있다. 내일부터 새로운 전쟁이다. 신발도 사고 옷도 샀다. 일요일 저녁 비가 내린다. - 2014. 5. 25.

전세계 최하위 빈민국 중의 한 나라는 방글라데시라는 나라다. 우리나라가 60년대부터 해외로 돈을 벌기위해 인력송출을 했다. 그런 우리나라가 지금은 당당한 세계 브랜드로 성장을 했다. 방글라데시인 로니의 손이 눈에 들어와 셔터를 눌렀다. 그 친구들이 코리아 캠프에 와서 같이 술을 마시고 음료수를 마시는 것은 금지되어 있지만 우리 반장님과 형님들이 초대해서 그들이 와서 서로 많은 얘기를 했다. 사진의 주인공은 고아로 자라나면서 온갖 고생을 했단다. 아들은 그 나라에서 최고 좋은 대학을 나와 리비아 호텔 프로젝트 대우건설 정규직으로 120만원을 받고 있었고 손의 주인공 로니는 시급 1달러10센트를 용접사다.
로니 형님, 돈 많이 벌어 고국으로 금의환향(錦衣還鄕) 하셨는지 궁금하네요? 한 번도 형님이라 부르지 못했네요. 죄송합니다. 로니 형님 행복하게 사세요. - 2014. 6. 4.

여기는 식당 안. 밥을 먹고 쉴만한 공간이 없다. 식당 안에 있는데 이런 글귀가 보이네요. 미래는 용기 있는 사람들의 몫이란다!! 맞다. 안 그런가? 더워지는 여름이다. 조금 있다가 전체적으로 모여서 T.B.M(tool box meeting 작전회의)를 마치고 현장에 투입된다. 11층까지 계단이 325개다. 자!! 325고지를 향하여 돌격 앞으로!! 우리의 돌격엔 오직 승리뿐!! - 2014. 6. 8.

다른 현장으로 옮기는 것은 불안하고 두려움이 있다. 새로운 현장에서 새로운 사람과 일을 하는 자체는 힘들고 적응하기 쉽지 않다. 오늘은 하나님과 동행하는 삶을 포기하고 공정이 바쁘다며 사무실 전무님이 꼭 좀 출력해 달라고 해서 오늘 일을 한다. 현장은 늘 전쟁과 같다. 주말이나 일요일에 사고가 많이 난다. 오늘도 퇴근 전까지 머리에서 발끝까지 다치지 말고 일하자.

두려움을 극복하자 자신감을 갖고 도전하자 - 2014. 6. 8.

Only I can change my life. No one can do it for me.

나만이 내 인생을 바꿀 수 있다. 아무도 날 대신해 해줄 수 없다.

작년에 필리핀 프로젝트 때 만난 나의 친구들입니다. 일과가 끝나면 소장님이 밖의 출입을 자제해 달라고 해서 숙소 주변을 다니면서 사진을 찍었습니다. 나의 주변을 돌면서 내게 마구잡이로 질문 공세를 퍼붓고 뭐 그리 좋은지 자전거를 타고 동네를 한 바퀴 돌아갑니다. 나의 카메라를 보더니 사진을 찍어 달라고 졸라댑니다. 그리하여 사진을 찍게 된 동기입니다. 필리핀에 가기 전에는 영어가 그들의 말과 언어인줄 알았는데 필리핀식 영어는 30프로 미만으로 하고 나머지는 그들의 고유 언어인 따갈로그 어(語)로 그들의 의사표시를 하고 말을 합니다. 꼬마숙녀들 때문에 저녁 출사는 재미가 있었습니다. - 2014. 6. 22.

을은 항상 약자인가? 어제의 일을 돌아보면 아주 열불이 난다. 오너가 현장경험이 전무한 경우… 무엇을 어떻게 해서 판단을 내려서 밑에서 일하는 근로자를 보호하기는커녕 사무실 관리자 눈치만 보니… 어찌됐든 간에 일을 하다가 환경안전에 걸린 것은 나이기 때문에 팀장은(반도체에서 팀장은 대부분 오너임) 책임회피 쪽으로 나의 과실로 몰아갔다. 거기서 감정대응을 하지 않았다. 싫은 소리로 하기 싫고 팀에 분위기를 다운시키기에 삼십육계 줄행랑을 택해서 그 자리를 벗어났다. 오너는 자신의 식구를 보호해야 한다고 생각했는데 전부 나 같지 않다. 어제는 최고로 힘든 하루였다. 반도체10년 공사이래 이렇게 힘들고 짜증나기는 처음이다.
- 2014. 6. 27.

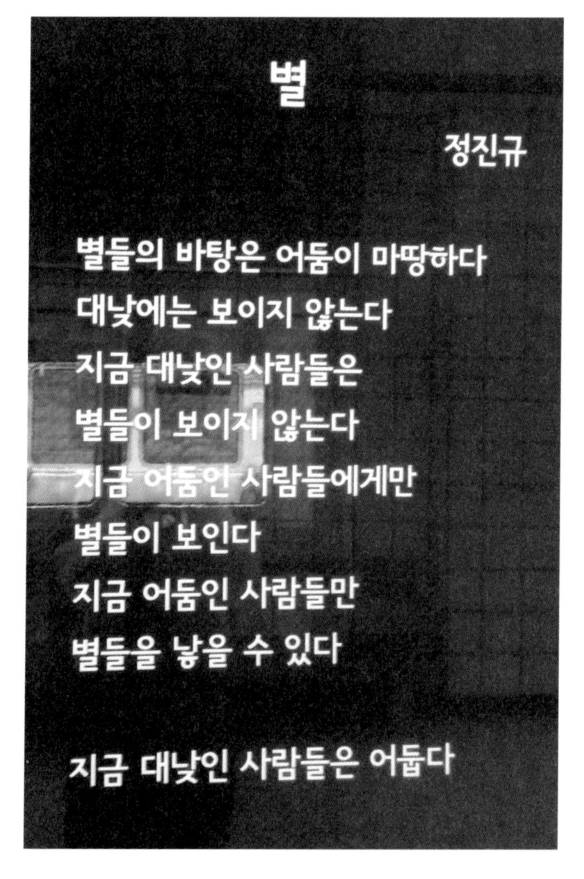

건설현장의 3대 중대형 사고들 첫 번째가 추락(떨어짐)이다. 이 사고는 중대 사고로 거의 사망하거나 죽을 때까지 중증장애로 살아야 한다. 두 번째로 전도 (장비나 중장비가 넘어짐을 말함)인데 이 사고도 사고 나면 대형이다. 세 번째로 협착 (끼임)이다. 큰 현장에서 장비나 기계에 끼여서 다치는 것을 말한다. 강남역을 나와 목표물을 찾는데 도로 건너편에서 빌딩 아래로 내려오면서 외줄로 밧줄을 타고 내려오면서 외벽 일을 한다. 아무런 안전장치 없이 생명줄을 의지하고 일하시는 모습을 보고 그의 안전을 빌어본다. - 2014. 6. 27.

리비아라는 나라가 아프리카 주에 있다는 사실을 안 것은 직접 가게 돼서 안 사실. 거기를 가기로 약속해 놓고 한 달 만에 결정 나서 급히 날아감. 시차까지 계산해서 20시간 넘게 걸려 간 나라. 출입국 관리 사무를 보는 사람들이 담배를 피우면서 일하는 것 자체도 충격! 국제공항 화장실인데 지저분하고 냄새 나는 것! 경악스러울 정도의 충격! 공항을 나와서 난 아무렇지도 않게 똑딱이 카메라로 찍는데 마중 나온 대우 기사가 하는 말! 걸리면 적법한 절차 없이 총살형이란다. 나의 행위가 사진을 함부로 찍을 수 없으며 특히 여성들 사진을 찍을 수 없다고 했다. 지금은 어찌 변했을까? 궁금하다. - 2014. 6. 30.

천장 작업이다. 천장위에서도 25A파이프를 잡고 올라가서 닥트통 위 위험한 작업. 지금은 쉬는 시간 냉커피 한 잔에 이렇게 글을 쓴다. 땀은 비 오듯 쏟아지고 돌아서서 움직이면 땀이 흘러내린다.

요럴 때 생각나는 시원한 맥주 한 잔!!
퇴근 후에 한 잔!! - 2014. 7. 30.

비가 와야 합니다. 일할 때마다 땀으로 범벅이 돼버린 7월의 마지막 날! 슬프게도 같이 일하던 이모들이 오늘부로 2명이 강제로 그만 둡니다. 현장이 마무리공사가 다가오기에 최초로 오늘 살생부 발표가 났습니다. 오후에 이 사실을 알고 일할 기분이 나지 않네요. 자본주의의 논리는 머니게임입니다. 이 더위에 가슴이 아려옵니다. 일할 때는 잔소리를 많이 하지만 일 마치면 일할 때의 순간은 잊어버립니다. 마지막 선물로 행운의 1달러를 드렸더니 어느 정도 기분이 풀리신 것 같더라고요. 아무튼 현장에서 짤리면 기분은 좋지 않습니다. 숙소로 오는 길 해님도 퇴근하네요. 안녕! 내일 아침에 봐요. - 2014. 7. 31.

컨테이너 옆에 피어있는 민들레, 노오란 민들레다. 내가 이것을 찍은 이유는 하나는 화려하게 꽃을 피우고 있고 하나는 후손들을 열매 맺어 홀씨로 보내려고 준비를 하고 있다. 하나는 꽃을 피우고 이젠 열매를 맺으려고 준비 중이다. 인간의 인생을 보는듯해서 한 컷을 찍어본다. 삶이 그대를 속일지라도 슬퍼하거나 노하지 말라. 문득 푸시킨의 시가 생각나는 저녁이다.

일할 때 용감하자. 밥 먹을 때와 퇴근할 때만 용감한 자가 되지 말자. - 2014. 8. 12.

오늘부로 수원역 롯데몰 PROJECT 종료다. 일이 끝났다. 내가 가야할 시기를 알아야 한다. 일용직으로 살아가는 것은 사회적 약자인 경우가 많다. 그 약점을 뛰어 넘을 수는 없을까? 일을 잘하든 못했든 여름에 고생을 했으면 따뜻한 말이라도 하리라 생각했지만 식전 댓바람부터 씩씩거리며 그만두란다. 보은 오너들은 쫄대기(쫄장부)들이 많아 소인배 근성이 많다. 내가 생각하고 있는 것은 이론일 뿐인가? 일도 마감이 다 돼 가지만 이젠 내가 가야할 시기다. 또 다른 일과 환경을 위하여… - 2014. 9. 2.

이른 아침 출근입니다. 여기는 수원 기흥 반도체 현장입니다. 아침이 밝아오고 바람은 차갑네요. 빛의 예술이 시작되는 하늘입니다. 감사함으로 또 하루를 시작합니다. - 2014. 9. 16.

어제 스승님께 가서 부족한 칼을 받아왔다. 이 칼들을 갖고 난 사우디아라비아 Projet인 Auto Sheet에 사용할 것이다. 한국대표 기술을 보여주고 목숨 걸고 이 Projet를 완수할 것이다. 처음으로 난 Captain Boss의 자격을 갖고 진검승부의 칼맛을 보여주고 선사할 것이다.
Korea 파이팅!
임용수 파이팅! 나를 응원하는 이들을 위하여!! - 2014. 10. 9.

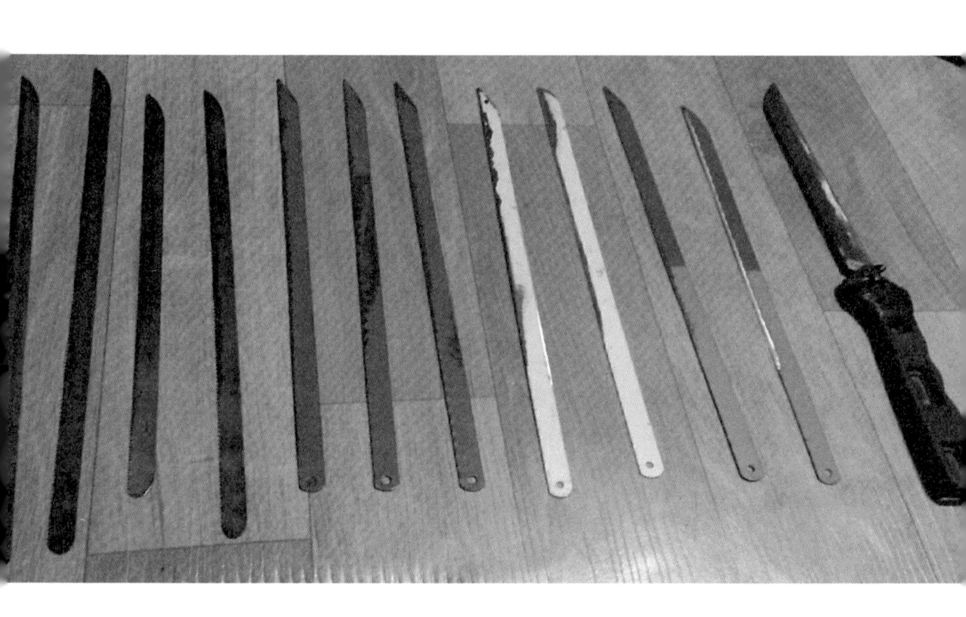

나는 움직인다!
역동적으로!
나는 살아 있다!
열정적으로!
나는 움직인다! 도전적으로!
나는 살아있다! 꿈을 향해 전진하므로!!!

2014년 8월16일 부산 여행 중에 메모지에 기록한 글입니다. 드디어 사우디아라비아 Projet인 "Auto Sheet"의 결전이 내일로 다가옵니다. 살기 위하여 승리하기 위하여 사막의 나라로 오일 달러를 벌기 위해 나 자신에게 자신감과 열정을 갖기 위해 충주 호텔 이너스에서 셀프로 자신의 삶을 남겨봅니다. 반드시 승리를 위하여 파이팅입니다. - 2014. 10. 10.

일할 때 사용하는 맨유 리프트란 거다. 고공에 있는 파이프의 일을 할 때 사용하는 기계다. 이 리프트를 운전하는 친구는 인디아 청년이며 올해 25세이고 아들이 하나 있다. 멀리 고국을 떠나 모래의 나라에서 고생하는 것은 국적을 떠나 똑같다. 오늘도 파이팅을 외치며 리프트를 타고 돌격이다. - 2014. 10. 20.

나는 인슐레이션(Insulation) 보온공!! 나의 팀 중에 핀리핀 토로 형님(55세)이 있다. 10년이 넘는 해외생활!! 필리핀에 있는 가족들 국적을 떠나 모두들 사랑하는 이들을 위해 일하는 것은 마찬가지. 사진을 보여주기에 난 스마트 폰으로 사진을 찍었다. 방글라데시나 필리핀이나 코리아의 스마트폰을 갖고 싶어 하지만 이걸 사려면 4달 월급을 쏟아부어야한다. 사랑하는 가족들을 위해 우린 열사의 나라에서 무한도전 워킹을 하고 있다. - 2014. 10. 23.

오전과 오후30분간 쉬는 시간. 나의 팀원 중 스리랑카인 마리안다 스아라는 35세 청년이 있다. 이 친구 또한 가족의 생계를 위해 먼 타국에서 일거리를 찾아다니며 일을 하고 있다. 너무나 열정적이고 적극적으로 일하고 방글라데시 친구들이 놀려고 하는데 이 친구는 일을 더 시켜 달란다. 난 이 친구가 맘에 들어 한국 돈 만원을 기념으로 주었더니 스리랑카 100루피와 내가 좋아하는 콜라를 사준다. 쉬는 시간 피곤한 다리의 휴식과 함께 하는 신발, 장갑 그리고 여기선 선글라스는 필수다. 그의 사랑하는 아들과 가족사진이 있는 지갑과 함께 한 컷을 찍었다. 그 친구도 하루빨리 고국으로 돌아가 가족들과 행복하기를 기원한다. - 2014. 10. 30.

2010년에 리비아에서 방글라데시 친구들과 처음으로 일해 봤다. 다른 나라 친구들과 일하는 것은 여러모로 힘들다. 아마도 안전의 날이었을 거다. 일 잘하는 방글라데시 친구 두 명에게 상장과 5만 디나(한국돈 5만원)를 부상으로 줬다. 그 둘은 그 돈을 개인적으로 쓰지 않고 설비 일을 하는 모든 방글라데시 친구들과 한국 사람들에게 음료수와 과자 봉다리를 만들어 하나씩 주었다. 내겐 신선한 충격이었다. 이번 사우디에서 샵장에서 일할 때 그들의 참 시간이 있다. 난 방글라데시 포맨에게 모든 샵장에서 일하고 있는 방글라데시 친구들에게 음료수를 사서 돌리라고 100리알을 줬다. 또다시 인슐레이션 포맨이 와서 다시 묻기에 올 더 드링크(All the Drink)!! 해서 더운 날에 음료수 한잔을 샀다. 그래봐야 3만원도 안되더라. 그때 내게 사온 음료수다. - 2014. 12. 19.

S3PH1 PROJET가 어제부로 끝을 냈다. 한겨울에 들어와서 추위에 걱정 없이 지하에서 개미처럼 일한 지난겨울이었고 드디어 봄이 왔다. 일거리가 많이 줄어서 문제지만 그래도 열심히 움직이면 살 수 있다.

출근길 새벽에 만난 숙소 앞의 전경이다. - 2015. 3. 19.

간만에 야간작업을 했다. 다섯 시간도 못자면서 강한체력과 정신력이 필요하다. 객지에 나와서 애로사항 중 자는 것과 먹는 문제가 제일 힘들다. 지금 일하고 있는 프로젝트에 하루 출력인원이 만 명이 넘는다. 방문제 때문에 서로 좋지 않는 감정으로 얼굴을 붉히니 안 좋다. 그 결과로 오늘 한잔 후에 쉰다. 한겨울에 게으름만 늘어 살만 쪘다.

처음으로 가보는 시골길에서 만난 사진이다. - 2015. 3. 25.

올여름은 덥고 일은 없고 돈벌이는 안 되고. 보온 일을 시작하고 나서 이렇게 힘든 시절이 없었건만. 나뿐만이 아닌 모든 사람들도 일이 없어 고생을 했습니다. 비상금도 모두 털어서 살아가건만 이런 일이 이번만으로 끝났으면 좋으련만. 한여름 멈춰버린 선풍기처럼 경제도 죽은 듯 하네요. 다시 새롭게 뛰자. 새로운 시작이다.

일하는 곳에서 멈춰 있는 선풍기를 보면서 여름을 생각합니다. - 2015. 8. 29.

나의 직업은 보온공! 파이프에 옷을 입히고 찬물라인은 새지 않게 하기 위하여 보온을 하고 스팀은 온도가 180~210도 나오기에 그 열을 유지시키기 위하여 유리솜 자재로(우린 그걸 깔깔이라 부른다) 보온을 한다. 거기에 두께가 100미리가 된다. 웬만큼 일한 사람도 엄두를 내지 못한다. 요즘 스팀 보온을 하는데 날은 덥고 자재에서 나오는 유리가루들과 먼지! 정말 짜증나는 작업. 서로가 이 일을 하지 않으려 한다. 나 또한 작업이 짜증날 때가 많다. 그래도 이왕 하는 거 즐겁게 하자. 사진은 내가 일해 놓은 완성된 작품이다. 125미리 파이프에 보온을 한 사진이다.
대한민국의 보온공들 파이팅!!! - 2016. 5. 20.

오늘 아침에 롯데월드다. 퇴근 시간되면 중국 유커 관광객들이 쇼핑을 하고 나와서 사진을 찍는 곳 중에 하나다. 간만에 비가 온다. 올 12월 준공 오픈하기 위하여 마지막 공정에서 나 또한 열정적으로 최선을 다하고 있다. 전망대 높이는 498m이다. - 2016. 7. 2.

롯데월드 projet의 설비부분 중 보온팀에서 일하는 나. 집에서 출퇴근하는 게 내겐 너무 낯설고 힘들었지만 그래도 보람차게 일하기 위해 첫 전철로 출근하여 거의 출근시간 근로자 순위 Top이었다.
아침체조를 하기 위해 조회장에 앉아 있는 것을 같이 일하던 파트너 제자가 직접 찍어서 내게 보내준 것이다. - 2016. 7. 2.

필리핀 깔람바의 삼성전기 추가공사 현장이다. 애초에 올 때 일주일 왔다가 바로 가려 했었는데 회사 측으로 인하여 공사가 지연되어 이러지도 저러지도 못하는 상황에서 마침 조건이 맞아 메인설비 소장님의 콜로 회사를 옮겨 바로 일 시작. 코리아맨 두 명이 커버하기엔 너무 벅차다. 메인이 1100A에다 가지관900A로 해서 750A 600A로 뻗어나간다. 지상에서 5~6미터에 있어 고소장비인 렌탈을 타고 일을 했다. 아직도 필리핀은 여러 가지로 불편하다. 일을 할 때마다 움직일 때마다 땀이 비 오듯 솟아지고 있다. 물이 한시라도 없으면 정말 힘이 든다. 정문게이트에선 필리핀 경비들이 물을 못 갖고 들어가게 한다. 물을 안 먹으면 탈수증세가 올 듯하다. 월요일부터 금요일까지 밤9시까지 근무. 땀을 너무 흘리고 일도 엄청 빡 세다. 설비 반장님들도 두 달만 하고 기진맥진 귀국한다. 우리가 마무리공사를 해야 하는 데 지금껏 해본 해외공사 중 최고로 힘이 들고 있다.

사진은 파이프 600A 보온을 하고 있는 것을 찍어봤다. - 2016. 7. 24.

난 현재 필리핀 깔람바라는 삼성전기 P4PROJET에서 일하고 있다. 한국사람 10프로 미만에 필리핀 로컬들은 수천 명이다. 지금까지 해본 해외공사 중 가장 힘들다. 처음에 일주일 정도 하고 귀국할 줄 알았는데 처음 일 온 회사는 일이 진행 안 되고 공사중지라는 최악의 상황을 맞이하여 진퇴양난(進退兩難)에 있다가 한국 삼성반도체의 메인 설비회사에서 콜이 들어와 필리핀에서 연장 일을 하고 있다. 코리아 보온공 두 명이 감당하기에는 벅차고 힘이 든다. 현장에서 최악은 화장실 문화다. 너무나 지저분하다. 되도록이면 현장에선 큰 볼일이 생기지 않도록 하는데 몸이 내 마음대로 움직이지 않으니… 현장에 있는 한국 식당에서 주는 물이 현지 수돗물이다. 지난 번에 설사가 나서 고생을 많이 했다. 하루에도 공사포기하고 귀국하고 싶은 마음이 수없이 든다. 이렇게 힘든 해외 현장은 처음이다.

600A 파이프 보온을 하다가 아래의 모습을 찍어봤다. 이 PROJET를 무사히 마칠지 의문이다. - 2016. 7. 31.

현재 내가 일하고 있는 평택 고덕의 삼성반도체 현장이다. 다른 것은 다 불황인데 반도체 시장은 대호황이라 일이 넘쳐난다. 남들은 지금 일이 없어 손가락만 빨고 있는데 몸이 고생한 만큼 목돈을 만지니 이 추운겨울 새벽칼바람을 맞으면서 일하고 있다. 난 지금 50여명을 이끄는 팀리더로서 이Projet에서 일하고 있다. 반도체 한 라인을 건설하는데 1조 7000억에서 많게는2조억은 들어간단다. 하루일 나오는 출력인원이 17000여명이 된다. 출근 퇴근 시에 밥 먹을 때 완전 전쟁터가 따로 없다.

앞으로 큰 사고 없이 끝마칠 수 있도록 안전하게 모두를 집에 가기를 기도한다. - 2017. 2. 24.

내가 일하는 고덕 반도체 현장이다. 제2의 삶을 나를 부흥시킨 삶의 장소다. 화성에서 반도체 프로젝트가 끝나고 해외공사 필리핀 프로젝트를 무사히 마치고 평택으로 왔다. 남들은 일이 없어 빌빌거리는데 지금 반도체는 대호황이라 밤낮으로 바쁘게 공사를 하고 있다. 이병철 회장님이 일본에 머물고 있다가 TV토론에서 앞으로 차세대 산업은 반도체가 이끌 것이라고 얘기하자 그분은 한국에 돌아와 반도체를 주력사업으로 이끌었다. 시간이 지난 지금은 세계에서 1등으로 우위에 있으며 난 지금 세계에서 가장 큰 반도체 공장을 짓는 프로젝트에 참여하고 있다.

이 프로젝트 이름은 평택 P-1 Projet이다. 이병철 회장님 고맙습니다. 감사합니다. 멋지게 이 프로젝트를 끝내겠습니다. - 2017. 4. 21.

어제 해외 Projet 팀이 무사히 일을 마치고 귀국을 했다. 미얀마 롯데 호텔 Projet에 참여를 해서 돈도 많이 벌고 재미도 좋았단다. 저녁을 먹으면서 고맙고 감사하다며 내게 선물을 주셨다. 내가 해외공사 가면 그 나라 장지갑을 꼭 사온다. 공사에 참여한 경수가 장지갑과 미얀마 옛날 돈을 선물로 사왔다. 내겐 최고의 선물이었다. 그리고 사수 형님은 미얀마의 최고 술인 양주와 그 나라의 비아그라를 한 박스 사다주셨다. 무엇보다도 해외 가서 무사히 귀국하셔서 감사했다. 해물탕은 맛은 없었지만 거기서 있었던 일 얘기를 해주셨다. 같이 갔더라면 좋았을 거라 했지만 필리핀 다녀온 지도 얼마 안됐고 한국 반도체에서 팀리더를 더해 보고 싶었다. 난 한국에서도 최고의 팀리더로 임무를 수행하고 연봉도 엄청 오르고 있다.

내 꿈은 10개 나라를 가보는 게 꿈이었는데 조만간 도전 목표에 성공할 거 같다. 꿈은 반드시 이루어진다!! 단 그 꿈을 포기하지 않고 도전이 계속 진행된다면… - 2017. 5. 20.

집에 있는 나의 안전벨트다. 10년이 넘게 현장을 누비며 전국적 세계적으로 일을 했다는 나의 증거이자 나의 몸을 지켜주던 친구들이다. 한국처럼 안전공구를 회사에서 지급해주니 솔직히 말하면 아껴지지 않는다. 그만둬버리면 아무데나 던져버리기 일쑤다. 한국은 이런 게 너무나 낭비적이다.

10년 넘게 일한 만큼 나의 벨트와 안전모들이 그렇게 쓰임받기위해 기다리는 중이다. - 2017. 9. 9.

삼성반도체를 따라 고덕으로 왔다. 대한민국 반도체의 새 역사를 쓰고 있다. 세계에서 가장 큰 공장을 만들고 있다. 새로운 역사의 기록현장에서 최전방의 팀장으로 일을 하고 있다. 평택도 앞으로 큰 도시로 거듭나기 위해 수많은 건물이 생겨나고 있다. 평택의 화려한 부활을 꿈꾸며 꿈틀거리고 있다.

평택 파이팅!!! - 2017. 12. 4.

임용수 포토에세이 2부

나를 돌아본다

난 물질적으로 기계적인 삶에서는 성공한 사람이 아니다. 그러나 난 늘 행복하고 즐겁다. 언제 어디서나 떠날 수 있는 배낭과 카메라가 있으니… 왜 사냐고 묻는다면 그냥 웃지요.

사진보고 그냥 우습시다요., 사랑합니다.

주렁주렁 달린 사과! 내일 지구의 종말이 오면 한그루의 사과나무를 심겠다던 스피노자… 늦가을 친구의 아버지는 사랑하는 가족 품을 떠나 가셨다. 칠십 평생을 과수원에서 사셨기에 과수원에 묻어달라는 유언대로 과수원에 마지막 집을 지으셨다.

남아있는 가족들의 행복을 기원하면서… - 2013. 12. 18.

나는 청년들과 아이들을 좋아하고 그들과 대화하는 것을 좋아한다. 내가 그 친구들에게 물어보는 게 있다. 꿈이 무엇인가? 대부분 명쾌하게 대답을 하는 친구가 흔하지 않다. 나는 분명한 꿈이 있고 그 꿈을 위해 지금도 도전하고 있고 조금씩 가고 있다. 꿈을 안고 사는 이는 열정적으로 산다.
당신의 꿈은 무엇입니까? 오늘밤부터라도 꿈을 품고 꿈꾸는 사람이 되자고요. 물론 저도 거기에 도전합니다. - 2014. 1. 15.

도봉산 입구에서 만난 박영석 대장 1%로 가능성만 있어도 열정적으로 도전을 했던 사람 그의 도전과 열정을 배우고 싶다. 일상에 짜증과 불만만을 달고 사는 나를 변화시키고 싶다.

우리의 가슴속에 영원히 남아 있는 그대를 사랑합니다.
- 2014. 1. 15.

올림픽공원에 있는 나무다. 공원에 가면 꼭 찍으러 가는 나무다. 외로운 나무다. 현대인의 삶처럼 혼자 꿋꿋하게 서 있었다. 연인들, 사진작가들, 일반인들 많이 와서 찍고 가는 나무들이다. 일명 왕따나무라고 불린 적이 있는데 내가 보기에는 아닌 것 같다. 이 겨울도 묵묵히 버티고 있을 거다.

다음에 만나도 기쁘게 만나요. 나무님!! - 2014. 1. 28.

자유공원 안에 있는 더글러스 맥아더 장군동상이다. 인천상륙을 성공시킨 인물 세계전쟁사에서 길이길이 빛나는 분이다. 연인이 놀러왔는데 지나가다 대화를 듣는데 맥아더 장군 존재를 모르더군요. 남자가 얘기하고 나서도 금시초문이라는 표정과 대화… 상식 아닐까? 나이 드신 아주머니 세분이 동상 앞에서 "감사합니다. 자유를 맛보게 해주셔서!!" 하시면서 두 손을 모으시고 감사의 인사를 드리는 아주머니들, 죽음으로 자유를 수호한 그들이 있기에 나 또한 이 따듯한 날에 햇볕과 바람을 마음껏 누리고 있다.

그분들께 무한감사를 드린다!! - 2014. 2. 24.

봄입니다. 꽃이 만발하여 아름다운 계절입니다. 꽃이 만개하여 사진으로 남겨봅니다. 봉화산 둘레길을 천천히 걸어가면서 봄을 맞으며 갔다 왔네요. 빛으로 따스함을 비쳐 주시니 감사!! 눈으로 보게 하니 감사!! 귀로 바람소리 새소리를 들을 수 있어 감사합니다.
- 2014. 3. 30.

어제 비가 오고 나서 꽃잎이 떨어졌다. 아침 쌀쌀 엘리엇(Thomas Stearns Eliot) 시인은 사월은 잔인한 달이라고 했는데 아침빛을 비추는 새로운 아름다움이 시작 그리고 또다시 하루 시작 모두들 행복하시기를… - 2014. 4. 4.

사월의 산은 시작을 하고 있습니다. 새순이 나와 새로운 창도의 세계가 펼쳐지는 모습입니다. 시원한 산바람이 소리와 함께 불어옵니다. 창조주께 영광을 드리는 모습 나무가 춤을 추는 듯한 모습 사월은 아름답습니다. - 2014. 4. 5.

어릴 적에 불을 끄고 잠들기 전 엄니는 상상의 전래 동화 얘기로 들어간다. 옛날에 아기가 울자 엄마가 지금 밖에 호랑이가 왔다 하며 겁을 주며 말을 했으나 울음을 그치고 않고 더 우는데 마침 호랑이가 배고픔을 해결하기 위해 내려 왔다가 방에서 말하는 얘기를 듣고 있었다. 아기는 더욱더 울자 엄마는 곶감 줄 테니 울지 마렴 하면서 달래니 아기가 울음을 그치는 게 아닌가 밖에서 듣고 있던 호랑이가 아니 나보다 곶감이 더 무서운 게 있었더니 하고 여기 있다가는 큰 변을 당할 것 같아서 줄행랑을 쳤단다.
고등학교 친구 과수원에서 찍다. - 2014. 4. 12.

세계2차 대전 마지막 남은 일본은 본토에서 최후의 결전을 남겨 두고 있다. 결사항전 미국은 일본 본토를 폭격을 감행했다. 미국은 마지막으로 일본에 히로시마와 나가사키에 원자폭탄을 투하한다. 원폭폭격 후에 제일먼저 자생력을 갖고 살아난 쑥이다. 그 쑥의 질긴 생명력이다. - 2014. 4. 16.

엄니의 손 중앙병원에서 고관절 수술을 받고 누워 계실 때다. "신체발부 수지부모(身體髮膚 受之父母), 불감훼상 효지시야(不敢毁傷 孝之始也)라 입신행도 양명어후세 효지종야(立身行道 揚名於後世 孝之終也)라" 효경(孝經)에 나오는 글이다. 그 시절 돈이 없어 동생과 내가 엄니의 간병을 했다. 일하고 와서 야간에 간병하고 일하고 해서 상당히 피곤했다. 잠을 거의 못 자고 일 나갔다가 추락사고가 나서 나 또한 엄니 옆병실 신세를 졌다. 허리를 너무 많이 다쳐 대소변을 받아내야 하는 상황, 정말 12일 동안 죽지 않을 만큼 먹고 똥도 못 누고 버티다 엄니가 너무 보고 싶었다. 의사 선생님 몰래 아픈 몸으로 엄니를 보고 손을 찍었다. 엄니는 다음해에 병으로 투병하다 하늘나라로 가셨고 난 생존해 이 세상에 있다. 오늘 엄니가 보고 싶다. 오늘이 내 생일이다. - 2014. 5. 1.

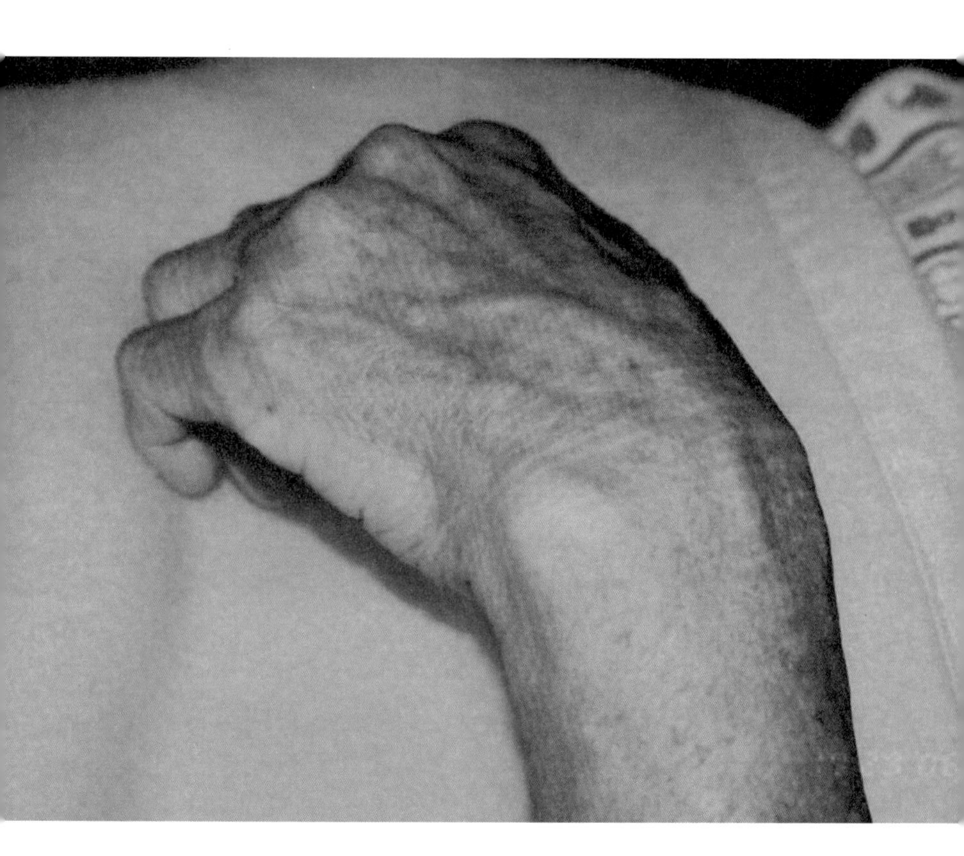

우리는 한계를 갖고 산다. 도저히 생명이 살 수 없다고 생각하는데 생명은 자란다. 아스팔트 위를 뚫고 나온 생명이다. 생명은 경외(敬畏)스럽고 아름답다. - 2014. 5. 4.

세상에서 성공하기를 원하는가? 행복하기를 원하는가? 그러려면 남에게 밥 사는 것을 아까워마라!!
광고에서 밥값은 N/1이라고 하지만 지난 주에 고등학교 친구들 모임에 밥값을 질렀다. 고마운 친구들이다. 행복하기 위해 밥값을 질러보자!! 질러!! 아래의 사진은 배달의 민족 광고판을 찍은 사진이다.

넌 하나님이 만드신 최고의 작품이야. 실패나 약점 상황에 눌려 있지 말고, 네가 누구인지 정확히 알려주시는 하나님 앞에 날마다 나아가자. 하나님이 선하심 속에 거하며 마음과 생각을 굳게 지키자. 넌 분명 널 위해 예비하신 하나님의 복을 온전히 누리게 될 거야. - 2014. 6. 4.

큰일을 이루기 위해 힘을 주십사 하나님께 기도했더니
겸손을 배우라고 연약함을 주셨다.
많은 일을 해낼 수 있는 건강을 구했는데
보다 가치 있는 일 하라고 병을 주셨다.
행복해 지고 싶어 부유함을 구했더니
지혜로워지라고 가난을 주셨다.
삶을 누릴 수 있게 모든 걸 갖게 해 달라고 했더니
모든 걸 누릴 수 있는 삶 그 자체를 선물로 주셨다.

구한것 하나도 주시지 않았지만 내 소원 모두 들어 주셨다.
하나님의 뜻을 따르지 못하는 삶이었지만 내 맘속에 진작에 표현
못한 기도는 모두 들어주셨다.
나는 가장 축복을 받은 사람이다. - 2014. 6. 4.

…너무 어렵다고, 부족하다고, 시간이 없다고, 늦어서 불가능하다고 핑계만 대고 살기에는 인생이 너무 짧다. 도전할 때 꿈은 현실에 한 발자국 가까이 다가서지만 도전하지 않으면 꿈은 저 멀리 달아나 이야기에 불과하다. 꿈은 간절히 바라고 이루기 위해 노력하면 전 우주가 움직여서라도 그 꿈이 실현되는 기적이 만들어진다. 견우와 직녀의 끈질긴 애정이 까치들의 마음을 움직여 깊은 강물위에 다리가 놓인 것처럼. - 2014. 6. 4.

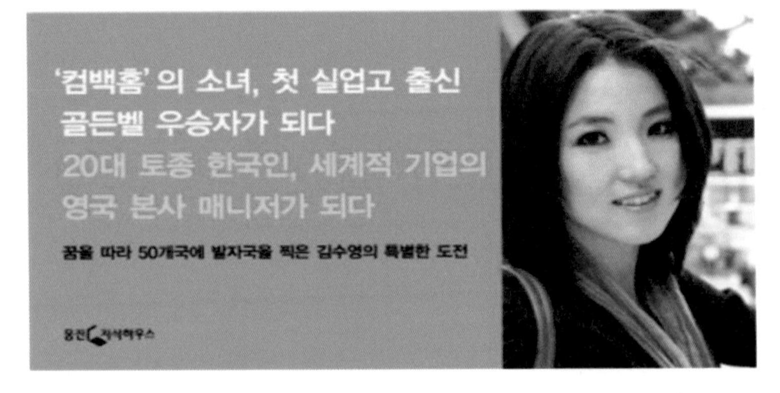

우리 엄니는 11남매를 낳으셨다. 내가 태어나기 전 가장 총명했던 큰형이 세 살 때 죽었단다. 다음으로 태어난 나의 형이다. 그 또한 행복한 삶을 살지 못했다. 농번기는 농사를 짓고 농한기는 객지에 나아가 고압철탑 일을 하셨다. 그전에도 일을 하다가 추락하여 두 번이나 병원 신세를 졌다. 일을 하루라도 빨리 끝내려고 1982년 1월 1일 11시경 철탑에 오르다 추락하여 바다로 떨어져 죽음을 당했다. 엄니와 누이들이 장례를 치루고 집에 왔을 때 그 사실을 알고 형이 만들어 놓은 비닐하우스에서 5일을 울었다. 형의 죽음으로 초등학교 졸업반이었던 나이였는데 내성적이고 반항적인 성격으로 굳어져 갔다. 나이가 들어가면서 사랑하는 가족들 8명의 죽음을 경험하게 된다. 도대체 우리 집은 신의 원한을 엄청 받았나보다 하며 부정적 사고와 염세적 사고가 20대 후반까지 지배하였다. 형은 스물여섯 짧은 나이로 세상을 살다 갔고 유품 또한 거의 없애 버렸지만 난 사진을 남겨두었다. 사진과 책 몇 권이 그가 이 세상에 있었다는 증거다. 아부지 같은 형에게 맞기도 엄청 맞았다. 가끔은 다시 그 시절로 돌아갔으면 하는 생각이 든다. 형아야! 다음 생에선 아프지 말고 다치지 말고 행복했으면 좋겠어. 너무 오랜만에 불러본 우리형!! 사랑하고 존경합니다!! - 2014. 6. 5.

간혹 사람들에게 이런 질문을 던집니다.
"당신은 얼마짜리라고 생각합니까?"
질문의 의도를 모르는 사람들은 답합니다.
"연봉1500, 2500, 3000만원 등"
여러분은 어떻게 대답하시겠습니까?
내 연봉은 1억도 아니고 10억 원도 아닙니다.
내 연봉은 내 꿈의 크기입니다.

나의 대선배님이자 스승님이 지난 달에 해외로 여행을 가신다기에 부탁을 드렸습니다. 베트남과 캄보디아를 가신다기에 부러움을 침으로 삼키고 그 나라의 돈을 기념으로 갖다 달라고 부탁을 드렸더니 일부로 호텔에서 새화폐로 환전하여 제게 주신 겁니다. 이렇게 새돈을 받아보기는 처음입니다. 감사합니다. 담배 좀 줄이고 같이 건강하게 일을 더 했으면 좋겠습니다. 감사합니다. - 2014. 6. 15.

겨울은 춥다. 추운 겨울을 나기위해 온돌방에 불을 지펴 온돌방을 데우고요. 또 다른 나무의 용도는 불을 때서 밥을 하기위한 도구였다. 겨울이면 난 엄니의 짐을 덜어드리기 위해 스스로 나무를 하기위해 지게로 나무를 해 와서 미리 준비를 해 두었다. 초등학교 5학년 겨울방학 때부터 지게를 지고 나무를 하러 다녔다. 고1때 일요일 엄니 대신 나무를 하러 갔다가 지게의 멜빵을 메고 일어서다 힘도 딸리고 힘의 균형을 잘못 유지하는 바람에 나무를 잔뜩 실은 지게와 함께 앞으로 꼬꾸라졌다. 꼬꾸라진 지게를 내팽개치고 아무도 없는 산속에서 꺽꺽거리며 서럽게 울었다. 왜 이리 살아야하는지 계속 쏟아지는 피를 지혈하고 집으로 돌아와 거울을 보니 다행스럽게 눈동자를 다치지 않았다. 지금도 그 시절의 상처가 눈 밑에 고스란히 남아 있다. 지게를 보니 그 시절이 생각난다.
- 2014. 6. 15.

어제 숙소로 오는 분당선 열차를 타고 오는데 엄마랑 같이 탄 꼬마손님이 탔다. 자리 양보를 할까하다가 그냥 책속으로 빠져드는데 수원 쪽으로 올 때마다 내리는 사람보다 타는 사람이 많이 타서 객차 안에 사람들이 많아지고 정거를 하니 이 꼬마는 제대로 포즈를 잡고 쓰러지지 않으려고 애를 쓰고 있네요. 나의 거리에서 멀어지자 줌 기능을 이용해서 사진을 찍었다.

어른으로써 미안합니다. 다음에 만나면 자리 양보 할게요. 나이키 꼬마 다음에 꼭 만나요. - 2014. 6. 17.

나의 학교 절친들이다. 사심 없고 만나면 반가운 친구들!! 근 30년이 다 돼가네. 2년 전 금잠 수균네(고등학교 별명이 풍뎅이 그리고 내가 지은 별명 금잠 디지털 이장) 집앞에 있는 개울가로 친구들과 놀러갔다. 언제 어디서든 나의 카메라로 노는 모습을 담아봤다.

이보시게 친구들 사는 날까지 건강하게 행복하게 사시게나. - 2014. 6. 20.

지하철에서 너무 많은 순간을 만난다. 광고는 그 시대의 함축된 모습을 볼 수 있다. 좋은 글귀나 사진이 있으면 보물을 만난 듯 흥분이 된다. 시대를 사랑하고 젊음을 사랑하고 열정을 사랑하라!! - 2014. 6. 22.

여행이란 계획하지 않았던 순간과 사람을 만날 수 있다. 종말론자들이 2012년에 세상이 망한다고 했다. 그해 여름 돈도 없이 무작정 KTX를 타고 부산으로 갔다. 10년 넘게 못 가본 부산은 나의 상상을 초월한 해안도시였다. 카메라 두 대에 노트북까지 동행한 여행. 돈이 없으니 먹을 것에 제한이 온다. 군대를 다녀온 후 아르바이트를 해서 여행 온 젊은이를 만나서 세상얘기를 하고 그가 나를 평가해서 포스트잇에 써준 글이다. 그 고마움으로 리비아 프로젝트에서 환전해서 남았던 1달러를 기념선물로 주고 각자의 여행 속으로 들어갔다. - 2014. 6. 22.

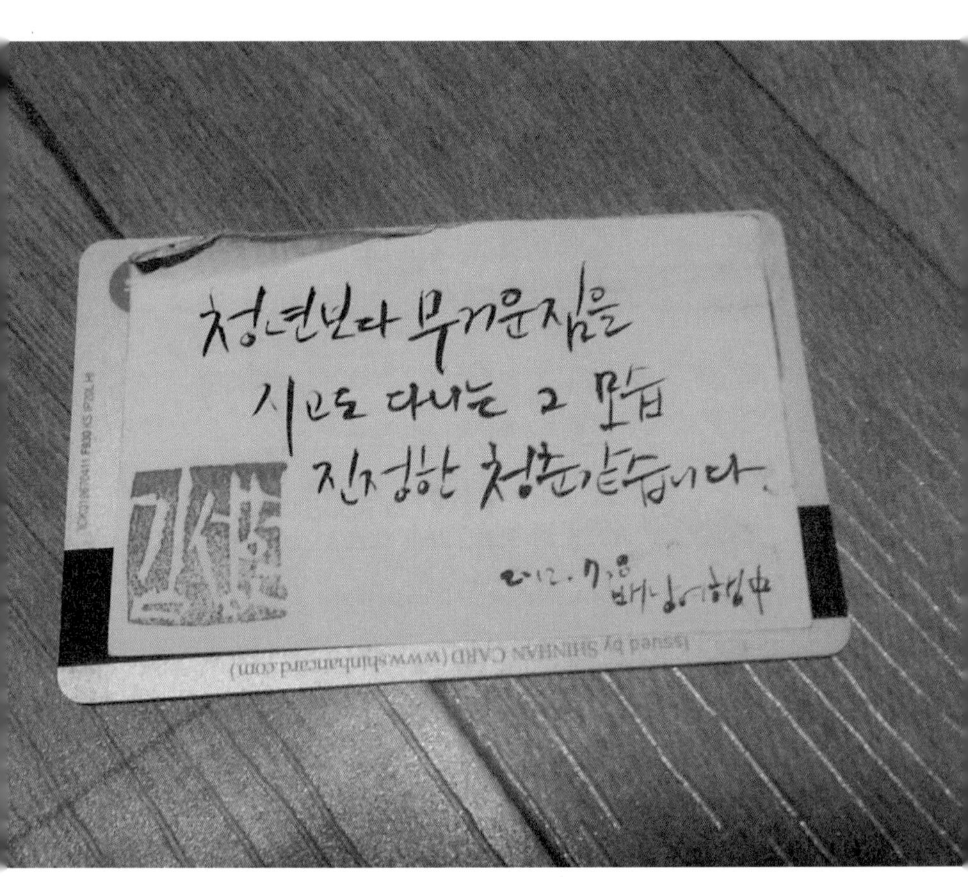

몇 해 전 겨울 나의 삶 늘 가슴이 아프고 슬픈 일들이 내게 다가 왔다. 난 누구에게 하소연 할 수 없어서 교회 가서 예배 도중 슬픔에 복받쳐 데려간 하은이도 챙기지 못하고 펑펑 울고 또 울었다. 가슴이 너무 아파서 계속 울었다. 예배를 포기하고 콧물 반 눈물 반이었다. 예배가 끝나고도 한참을 울었다. 세상 사람들은 이해 못해도 하나님은 아실 거라고. 그해 겨울 생계보다 다시 나의 삶을 추스르기 바빴다. 아는 형님과 충주 실미에 있는 오지 애오개 고개를 둘이 걸으면서 많은 얘기도 나누고 사진도 많이 찍었다. 근 30키로 이상을 걸으면서 다시 일어서기로 결심을 했다. 오늘은 슬프고 눈물 나는 사진이 몇 개 있다. - 2014. 6. 22.

성경구절 중에 내가 가장 좋아하는 구절이다. 고1때 한 학기를 다니고 자퇴서를 내고 학교를 그만두고 며칠 동안 방에서 이불을 뒤집어쓰고 있었는데. 담임이셨던 이기희 선생님이 자퇴서를 쓰고 엄니와 함께 학교 가서 확인 도장을 찍고 가려하는데 일주일 안에 돌아오면 무효처리 해 주겠다고 말씀하셨다. 난 안 오겠다며 강한 부정을 했다. 유효일 하루를 남기고 꿈속에서 죽은 형이 나타나 정확히 무슨 메시지인지 모르지만 학교로 돌아가라는 계시 같았다. 그 이튿날 난 가방을 들고 학교로 갔다. 아침 조회에 선생님과 눈을 마주쳤을 때 선생님의 염화미소 같은 웃음을 짓고 활기찬 조회를 하셨다. 겨울 방학 때 혼자 독학으로 공부를 하던 시절 선생님께 공부의 힘듦을 편지로 보냈더니 답장으로 엽서를 보내주셨다. 그 내용 중 이 글귀를 내게 보내주셨다. 힘들 때마다 늘 상기하며 외우던 글귀다. 노트마다 일기장마다 이 글과 YES I CAN!이라고 써놓고 공부를 했다. - 2014. 6. 22.

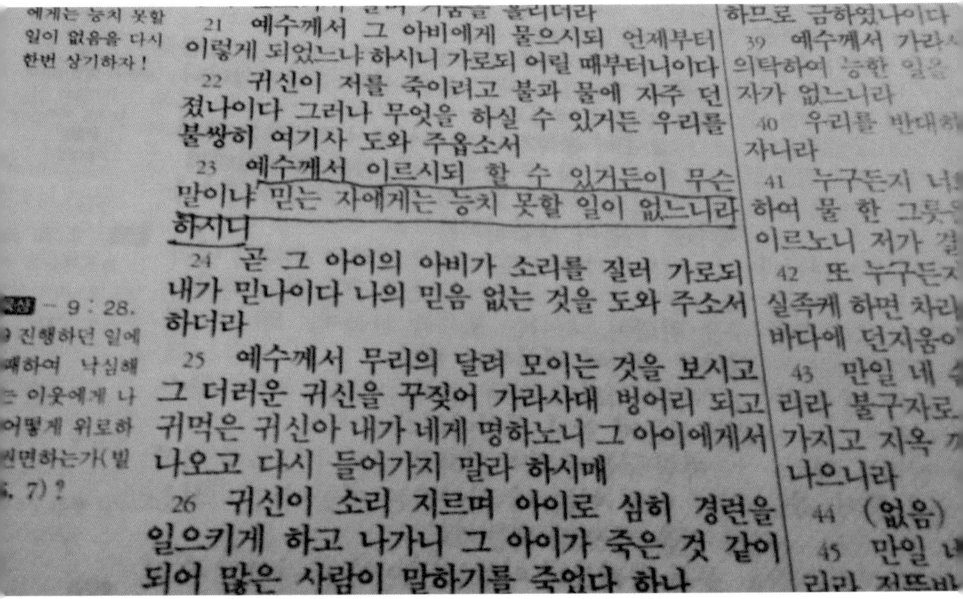

에게는 능치 못할 일이 없음을 다시 한번 상기하자!

21 예수께서 그 아비에게 물으시되 언제부터 이렇게 되었느냐 하시니 가로되 어릴 때부터니이다

22 귀신이 저를 죽이려고 불과 물에 자주 던졌나이다 그러나 무엇을 하실 수 있거든 우리를 불쌍히 여기사 도와 주옵소서

23 예수께서 이르시되 할 수 있거든이 무슨 말이냐 믿는 자에게는 능치 못할 일이 없느니라 하시니

24 곧 그 아이의 아비가 소리를 질러 가로되 내가 믿나이다 나의 믿음 없는 것을 도와 주소서 하더라

25 예수께서 무리의 달려 모이는 것을 보시고 그 더러운 귀신을 꾸짖어 가라사대 벙어리 되고 귀먹은 귀신아 내가 네게 명하노니 그 아이에게서 나오고 다시 들어가지 말라 하시매

26 귀신이 소리 지르며 아이로 심히 경련을 일으키게 하고 나가니 그 아이가 죽은 것 같이 되어 많은 사람이 말하기를 죽었다 하나

벌써 25년이란 긴 세월이 흘렀다. 나도 조국을 수호하기 위해 군대를 갔다. 그것도 우리나라의 육군2프로 미만만이 갈 수 있는 GOP(GENERAL OUT POST)로 배치되었다. 내 체격에 과한 임무인 M60인 화기소대로 배치 받았다. 고가초소에서 주간에 경계근무를 서는 게 나의 임무였다. 이등병 때는 적응하기 힘들었다. 진급이 되어 일병부터는 편해지기 시작할 무렵 바로 위 고참의 배려로 근무 나가서 여학교에 편지보내기가 임무 아닌 임무였다. 그 무렵 우리 소대의 내 앞으로 근 800여 통의 편지가 왔다고 들었는데 연대에서 다 보내주지 않고 중간에서 여학생의 편지들을 빼돌렸다는 얘기를 중대 행정업무를 보던 고참으로부터 들을 수 있었다. 그 당시 너무 많은 편지를 소대원에게 나누어주고 답장을 꼭 써달라고 당부도 했다. 이 사진은 실제로 내게 보내줬던 글을 그대로 옮긴 거다. 그리고 작가 분들한테 편지가 오니 소대장님이 나를 문학적으로 많이 인정해 주셨다.

한번 만나고 싶습니다. 소대장님! 그리고 이 글을 보내준 여학생을 아니 지금은 중년이 되었겠지요. - 2014. 7. 5.

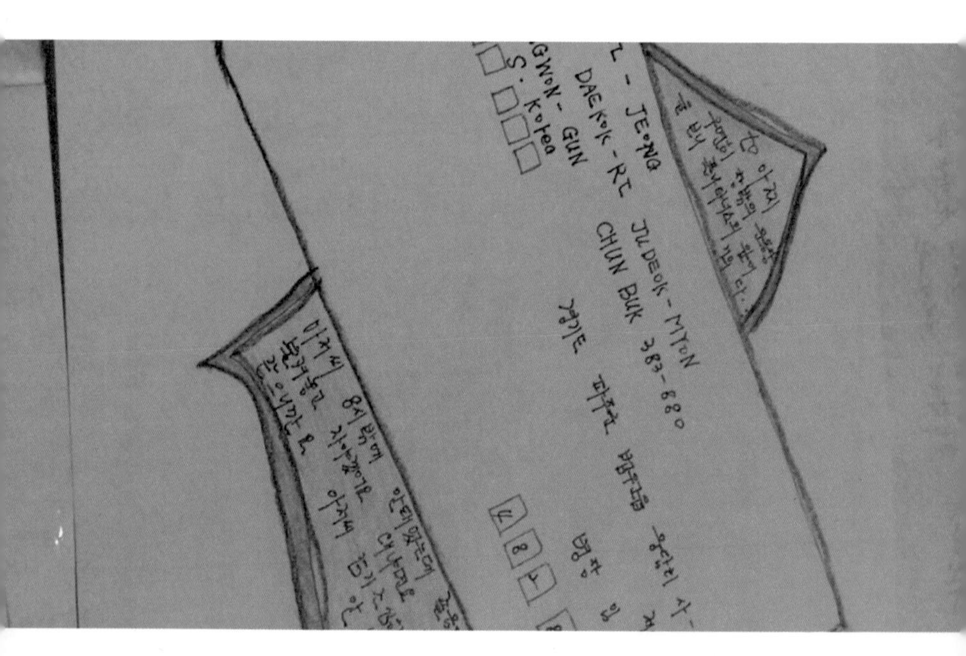

아빠는 하은이를 사랑합니다!
엄마도 하은이를 사랑합니다!
하나님은 하은이를 더더욱 사랑합니다.
아멘!!!!!

2010년12월10일 6시48분에 P. M 하은이에게 아빠가 보낸 문자 메시지입니다. 하은이 이름을 작명해 주신 분은 충주 성산교회에서 목회를 하시는 주재경 목사님 입니다. 새벽예배를 마치고 지으신 이름 뜻은 하나님의 은혜란 뜻입니다. 크면서 크게 아프지 않고 잘 자란 아이 먹을 게 늘 부족해 새벽예배를 다녀와서 눈물로 아버지께 기도를 드렸습니다. 아버지! 감사합니다. - 2014. 7. 6.

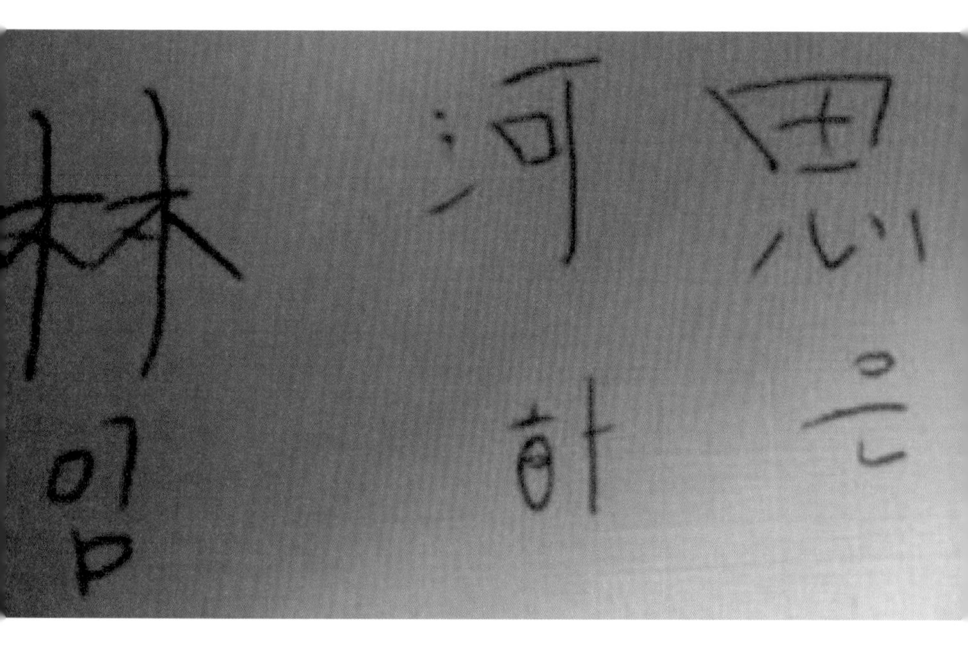

충주에 있으면 아르바이트를 합니다. 내가 충주에 머무는 것은 타향에서 지친 심신을 회복시키고 삶의 에너지를 다시 회복시키는 곳입니다. 주로 충주에서는 사진을 많이 찍습니다. 충주의 모습을 사진으로 기록한 것이 20년이 넘습니다. 이젠 프로젝트가 돼버렸네요. 기본 생활을 하기위해 용역을 나갑니다. 아니면 친구가 장례관련 일을 하고 있어 산소 아르바이트를 하러 갑니다. 요즘은 매장이 30퍼센트 화장이 70퍼센트를 차지하는데 가끔 매장을 하는 경우가 있습니다. 사진 속의 주인공님도 그걸 원하셨답니다. 생전에 그렇게 부자로 사셨다고 합니다. 부자에 염전에 구두쇠로 말이죠. 지인이나 친구들에게 밥 한 끼 안 사는 짠돌이로 살았답니다. 살아서 덕과 인심을 베풀지 못한 탓일까요? 그의 마지막 가는 길에 아무도 그를 배웅하는 이 없었습니다. 을씨년스럽고 춥고 그래서 그의 관이 더욱 초라해 보입니다. 그가 원한 장소도 작업을 하니 바위가 계속 나와 애를 먹었는데 고인이 원한 곳이라 어렵게 마무리를 했습니다. 부잣집에 산역을 가서 팁을 받아 본적이 없습니다. 성경에서 말하기를 부자가 하늘나라 가는 것은 나타가 바늘구멍에 들어가는 것보다 어렵다고 말하던데 그분의 영혼은 어디로 가셨을까요? 이보시게 저승갈 때 뭘 가지고 가지? 하는 석용산 스님의 책 제목이 생각납니다.
살아 있을 때 나누자. 살아 있을 때 베풀자. - 2014. 8. 2.

간만에 비다운 비가 내린다. 아침엔 현장 가기 전에 비를 맞고 가게 하더니 퇴근할 때도 시원하게 온다. 예고 없이 내리는 비는 여러 상황들을 볼 수 있어서 사진 찍을게 많다. 우산을 쓰고도 한손은 우산, 한손은 폰으로 나만의 시각으로 세상을 한 장으로 남겨본다. - 2014. 8. 6.

아침에 출근하는데 가게 앞의 글귀들이다. 얼마나 많은 이들이 길을 물어보기에 들어오는 입구에 이런 글을 써 놓았지? 사람을 상대하는 직업인데 이렇게까지 해야 하나 싶다. 서울로 갈수록 길 인심은 흉흉하다. 그래서 난 모르는 곳에 가면 공짜로 안 물어본다. 내게 필요한 물건을 우선 사고 잔돈을 주기 전에 길을 물어본다. 물건을 사지 않았을 때와 샀을 때는 틀린 결과가 온다. 20년 이상 여행을 다니면서 터득한 나만의 노하우다.
공짜로 물어보니 이렇게 대응하는 게 아닐까? - 2014. 8. 11.

공사가 마감임박이라 백화점에 들어갈 때는 신분증을 맡기고 보안카드를 받아서 현장으로 들어가야 한다. 카드를 받기위해 줄을 서서 기다리고 있는데 옆의 풀들도 차례대로 서 있는듯하다. 그것도 키의 순서대로 세상에 태어난 순서대로 마치 줄을 서서 있는 것처럼 내 눈엔 그렇게 보인다. 풀들도 이렇게 순서와 차례를 지키는데 우리 인간들도 만물의 영장답게 질서와 차례를 지키면서 살자! 아자아자! 그러자! - 2014. 8. 11.

집은 당신의 현재를 보여주는 거울입니다. 장소와 물건들은 당신이 누구인지 고스란히 보여준다. 당신의 생활공간은 당신의 정서적 욕구를 물리적으로 표현하고 생각과 꿈과 희망과 문제를 거울처럼 보여준다. 여기서 말하는 공간은 당신을 둘러싼 네 벽만을 일컫는 게 아니다. 그곳에 가득찬 에너지가 중요하다. 당신의 사는 곳이 당신의 과거와 현재모습을 표현하는 물리적 공간이며 당신 내면의 확장판일수 있다는 말을 깊이 숙고해보라. 그 공간은 당신이 매듭짓지 못한 정서적 문제와 부정적 감정을 전부 간직하고 있다. 당신 집의 내부는 당신의 내면을 보여주는 거울이다.

공간의 위로 : 삶을 바꾸는 나만의 집 소린 밸브스 작품을 옮깁니다.

고등학교 2학년 때 엄니와 서울에 다니러 왔다가 광화문에 있는 교보문고를 처음 갔습니다. 중학교 때 남기천 선생님이 서울 교보문고를 꼬옥 가보라고 해서 엄니와 대동해서 교보문고에 가서 그 크기와 규모에 엄청 놀랐습니다. 책을 많이 사고 싶었는데 형편상 많이 못 사고 참고서만 사고 발길을 돌렸습니다. 늘 서재를 갖는 게 꿈이었습니다. 이 사진은 나의 서재를 찍은 사진입니다. 사진집 중심으로 한 컷 찍어봤습니다. - 2014. 8. 12.

나의 꿈! 도전! 열정! 프로젝트!
나의 꿈은 북카페를 하는 것이다. 책을 마음대로 볼 수 있고 차도 마실 수 있는 공간도 만들 것이다. 그리고 옥상위에 천체 망원경도 설치를 할 것이다. 그래서 누구나 별을 볼 수 있는 공간을 만들 것이다. 난 내 꿈을 포기하지 않고 더욱더 구체적으로 열정적으로 도전을 할 것이다.
꿈은 포기하지 않는 한 반드시 이루어진다. 반드시! - 2014. 8. 21.

중학교를 졸업하고 고등학교에 입학식 날. 장남이 충주로 유학 온다고 손수 입학식에 따라오신 엄니! 전교 수석입학할 거라 기대했건만 입학식 예비 연습시간 내 이름이 불려줘 장학금과 교장 선생님과 단독 악수를 할 수 있을 것이라 잔뜩 기대와 흥분. 떨리는 긴장감으로 초조하게 기다렸지만 나의 예상이 빗나가버렸다. 난생처음으로 아들 입학식에 오신 건데… 엄니를 볼 면목 없는 것 같아서 말도 없이 잔뜩 골난 사람처럼 있었고 전교생이 서있는 입학식이 시작되었다. 속으로 날도 춥고 기분도 꿀꿀하니 빨리 끝나길 바랐다. 장학금 수여식시간! 임! 용! 수! 분명 내 이름이 사회를 보시는 선생님으로부터 불리워지는 게 아닌가? 얼떨결에 상 받는 곳으로 나가니 장학금이라며 봉투를 주시고 교장선생님과 악수를 하는 특전을 가졌다. 입학식이 끝나고 봉투를 확인하니 돈은 없고 장학증서만 있는 게 아닌가? 재차 실망. 입학식을 마치고 처음 본 학생이 날 찾아와서 장학금 받은 학생이냐 묻더니 그렇다 하니까 장학금을 받으러 교무실로 같이 가야 한다고 했다. 교무실에 갔더니 장학금을 담당하시는 선생님께서 돈 5만원씩 봉투에 넣어주면서 집에 가서 장학금을 받았다는 확인서를 꼬옥 받아 오란다. 교무실에서 내가 차석 입학이란 걸 장학금을 담당하시는 선생님이 알려 주셨다. 돈을 받아서 엄니를 드리니 굉장히 기뻐하셨다. 그리고 난생처음으로 브랜드 운동화를 사주셨다. 확인서는 엄니가 글을 몰라서 저녁에 이장님 댁에 가셔서 이장님이 확인서 대필을 해주셨다. 꽤 많은 흐른 세월 속에 그 당시에 받았던 장학금 봉투가 아직도 내게 있다. 지금껏 50번 가량 이사를 했고 책도 8000여권에서 지금 내게 남아있는 것은 수백 권밖에 없다. 다시 책부자로 살려면 지금보다 더 열심히 살아야 한다.
그리고 2015년부터 나의 꿈 PROJECT!! 20대부터 생각중이고 계획했던 장학금 프로젝트! 드디어 내년부터 학생을 선발해 장학금 일백만원을 주기로 했다. 내년부터는 경제가 좀 나아진다. 아직 갚아야할 빚도 있지만 이 프로젝트는 내년부터 실행된다. 장학 프로젝트명 "하은장학금" 프로젝트다. 그리고 이 증서가 아직까지 남아 있게 해준 모든 분들께 감사드립니다. - 2014. 8. 24.

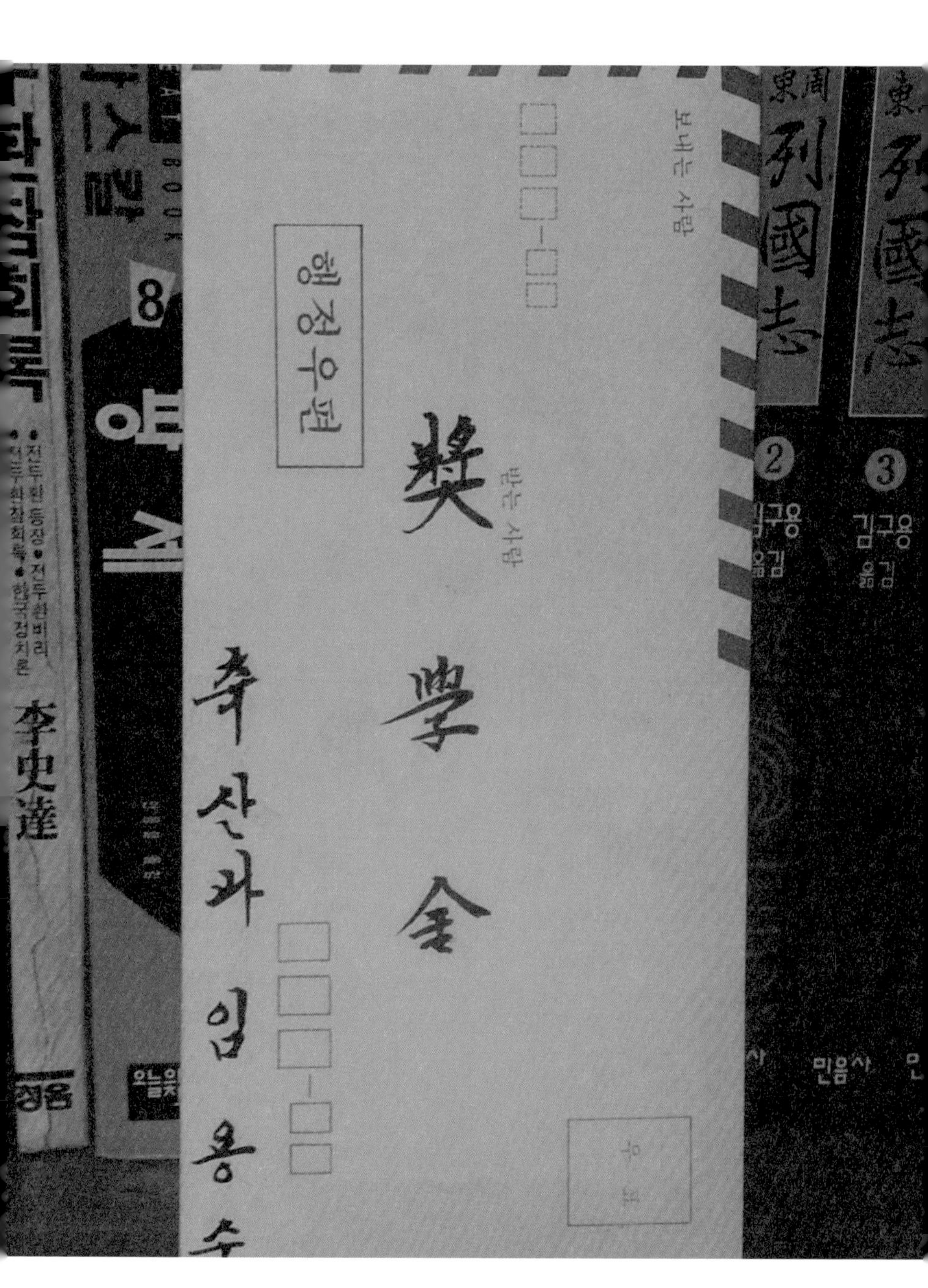
행정우편
奬學會
축산과 임용순
보내는 사람
받는 사람
列國志
李史達

나의 구두 두 켤레가 있는데 그중 하나. 몇 년 전 나의 삶은 최악이었다. 가정적으로 최대위기, 경제적으로 최악, 주머니에 당장 밥 한 끼 해결한 돈조차 없었다. 암울하고 마음엔 온갖 부정적인 요소로만 가득 찼다. 내게 있는 열정과 도전정신도 완전 사그라지고 있을 때 석촌에서 사업을 하는 친구 사무실을 찾아갔다. 그 친구는 여전히 바쁘고 세상에서 제일 바쁜 사람 중에 하나였다. 그래도 내가 오면 반갑고 뜨겁게 맞이해주고 위로해 준다. 그날도 나를 위로해주며 백화점에서 판다는 새 지갑에 중국 돈을 100위안 넣어주며 선물을 줬다. 그리고 십만 원짜리 구두상품권도 줬다. 거기에다 밥에 소주까지 한 잔 사줬다. 그리고 알딸딸한 내게 오만 원을 주며 택시타고 가란다. 너무나 고마워서 택시를 타러 가면서 주체 없이 눈물이 흘러내렸다. 실컷 울고 택시를 타고 집으로 와서 일상으로 돌아왔다. 나 또한 친구에게 폼 나고 멋있게 사는 모습을 보여주기 위해 온 삶에 전력투구를 다시 시작했다. 이 구두는 그때 친구가 준 상품권과 돈을 보태서 샀다. 난 오늘 이 구두를 신고 내 발길 닿는 세상 어느 곳에서나 승리의 깃발을! 기쁜 소식을 전해줄 소통의 도구가 되리라 확신한다! - 2014. 8. 31.

영화 '박하사탕'이란 영화를 보면 설경구씨가 철도위에서 외치는 말이 있습니다. '나 돌아갈래' 하면서 시작되는 영화죠. 그곳이 이곳에서 기차를 타고 제천 쪽으로 가면 산속의 터널을 지나면 영화에서 외치던 공전 애련리가 나옵니다. 삼탄 다리 밑에서 기차가 지나가는 모습을 담기 위해 근 한 시간을 기다려봅니다. 물가에서 삼겹살에 소주로 친구들은 여흥을 즐기면서 사진을 찍기 위해 기다리고 있는 내게 계속 한 잔을 권합니다. 사진을 찍을 때는 난 술을 마시지 않습니다. 술이 몸에 들어가면 집중력이 감퇴하고 시선이 집중되지 못합니다. 목표물이 올 때까지 끊임없이 기다리는 것, 언제 올지 모를 대상을 기다린다는 것, 시간이 흐를수록 집중력과 열정이 줄어듭니다. 폰의 밧데리도 얼마 남지 않아 버티기가 곤란합니다. 그러다가 문득 물가에 있는 소금장수들이 물위를 자유자재로 열심히 돌아다니네요. 주말 오후 물위를 걷는 그들. 과연 물위를 걷는 기분은 어떤 것일까요? 기차를 기다리다 찍지 못하고 대신 소금장수들을 담아봤습니다. - 2014. 9. 21.

담쟁이의 생존력은 대단합니다. 도시에서 가장 흔하게 볼 수 있는 강한 생존력의 존재가 아닐까요? 그의 적응력과 생명력을 닮고 싶습니다. - 2014. 9. 23.

가자!
꿈 있는 자여! 오라!
열정 있는 자여! 오라!
도전하는 자여! 오라!
그리고 지는 해를 보며 하루를 행복하게 살았다고 증거 하는 자여! 오라!

퇴근길에 석양에 비친 칡덩굴이 보이기에 한 컷 날립니다. 감사했습니다. 이런 순간을 보게 하시니 이런 눈으로 아름다움을 보게 하시니 감사합니다. - 2014. 9. 25.

다방커피. 20대와 30대 시절 나는 직업을 13개 이상을 바꾸었다. 그 시절에 정보지 영업을 하는 직업을 할 때다. 사무실에서 작전전략을 짜고 있는데 한통의 전화가 사무실로 전화가 오더니 나를 찾는 전화다. 다방에서 커피 배달을 하던 언니가 다방을 개업한다면서 아가씨를 구한다는 줄광고를 내달란다. 요금이 12,000원이었는데 비싸다며 2000원을 깎아 달라서 해서 줄광고를 접수받아 광고를 내 드렸다. 광고가 담긴 정보지를 들고 개업한 다방에 가서 확인하고 수금을 해달라고 했더니 개업해서 손님이 없다며 커피 한 잔을 사달란다. 한 잔 사줬더니 돈이 없으니 다음에 오란다. 지나갈 때마다 수금을 해달라고 했더니 핑계뿐이다. 장사가 안 되니 커피 좀 팔아달란다. 그렇게 삼십 번의 방문에도 돈은 안 주고 온갖 핑계만이다. 결국 난 영업에서 좋은 성과를 내지 못해 자진 퇴사를 했다. 다방을 하던 그 이모도 결국 망했다. 거리에서 만날 때마다 얼굴을 피해 갔다. 그 이모가 나중에 식당에서 서빙을 할 때 고기를 먹으러 갔다. 그 이모가 나를 보더니 정말 미안하다며 어찌할 줄 몰라 하기에 웃으면서 괜찮다고 했다. 다방커피를 보니 그 시절이 생각난다. - 2014. 10. 10.

아침이 밝아온다. 하루가 시작되는 순간 어둠에서 빛의 세계로 오고 있다. 늘 빛은 아름답고 신기하며, 존경의 대상이다. 이 순간을 아름답게 가슴에 담을 수 있어 행복하다. 한낮에는 더워서 일하기가 더욱더 힘들지만 말이다. 감사하라 감사하자. 이 순간에… - 2014. 10. 26.

마지막 달에 당신은 바쁩니까?
당신은 자금 일하고 있나요?
일이 없어서 하루 종일 한숨만 쉬고 있는 것은 아닌지요?

오늘도 전 성탄절에 교회가 아닌 현장에서 일을 했습니다. 추운 겨울 현장 근로자로 일한다는 것은 결코 쉽지 않습니다. 오늘도 무사히 일 마치고 돌아와 편안하고 따듯한 숙소에서 쉼을 보장 받습니다. 친구들은 오늘 행복했나요? - 2014. 12. 15.

"노자"에서는 약함이 강함을 이긴다고 말한다. "천하에 물보다 부드럽고 약한 것은 없으나 굳고 강한 것을 공격하기에 이보다 더 나은 것이 없다. 무엇도 물을 대신할 수 없기 때문이다. 약함이 강함을 이기고 부드러움이 굳셈을 이기는 이치를 모르는 이 없지만 해낼 수 있는 이도 없다." 사마의 같은 이는 물과 같아서 부드러움으로 강함을 이기는데 능했고 큰 지혜, 용기, 계략을 깊숙이 숨겨 다른 사람들이 이를 알지 못하게 했다. 그는 목적을 이루기 위해 상대가 더는 참거나 기다릴 수 없을 때까지 참고 기다렸으며 권세와 무력을 크게 발휘할 때에는 국면을 한 번에 뒤집어 승리를 일궈냈다. 사마의는 좌천되고 무시당하고 패배해도 걱정하거나 두려워하지 않았다. 끝까지 기다리고 인내하면 마지막에 웃을 수 있다는 것을 알고 있었기 때문이다. - 2014. 12. 28.

추운 겨울입니다. 겨울은 추워야하니까요. 춥지 않으면 겨울이 아니지요. 일하면서 아직 어둠이 남아있고 칼날 같은 추위가 나를 위협해도 난 즐깁니다. 내 몸은 반응하고 있으니까요. 추운만큼 여름이 간절해지네요. 간만에 천안 두정역에서 내려 전철에서 내려 나가는데 지하철을 기다리는 분이 계시네요. 겨울을 느껴져 한 컷 찍었어요. 추위를 즐기자. - 2014. 12. 28.

같이 일하는 형님이 충주까지 오셨다. 비는 내리지. 중앙탑에서 오리백숙을 사드렸다. 백숙도 맛나지만 김치가 일미이다. 맛이란 똑같은 거 같다. 연예인들이 왔다간 사진과 사인이 있다. 계산을 하면서 김치가 맛이 있어 좀 사갈 수 없느냐고 했더니 많이는 못주고 좀 싸주셨다. 난 고마움의 표시로 2달러를 행운의 선물로 드렸다.

사장님! 맛나게 잘 먹겠습니다. 사우디로 공사갔을 때 제일 먹고 싶던 게 김치였습니다. 한국인의 힘!! 김치 많이 드이소. - 2015. 4. 6.

겨울철을 나려면 방이 따듯해야 한다. 시골의 겨울나기는 장작을 많이 해놔야 한다. 도끼로 통나무를 쪼개는 작업은 위험성도 있고 잘못하면 발등도 찍을 수 있으니 도끼질은 정확하게 안전하게 해야 한다. 시골에서도 나무로 불을 때지 않으면 도끼 보기가 쉽지 않다. 친구 아버지는 내가 갈 때마다 방을 따듯하게 하기 위해 불을 때신다. 초등학교 때와 중학교 때 겨울방학이면 늘 나무를 해서 장작을 하던 시절이 생각난다. - 2015. 5. 4.

반나절에 충청도 강원도 경기도 삼도를 돌았네. 충주, 원주 지금은 평택역 앞. 평택만 유독 터미널이 몇 십 년 동안 그대로다. 아직도 평택터미널은 구식이다. 간판이름만 글로벌이다. 좁고 지저분하고 왜 이리 터미널에 투자를 안 하지. 그 도시의 얼굴이 터미널인데… 원주역을 가보지 않아 가려 했는데 비가 주룩주룩 오니 더 가기 싫어 일하는 숙소로 가기 위해 빙글 돌아서 평택으로 왔다. 조그만 한국에 사통팔달 도로와 교통의 발달로 하루 사이에 3개 도(道)를 다니고 있다. 지금은 평택역 앞. 사람들을 바라본다. 큰 도시로 갈수록 모든 게 복잡해진다. - 2015. 4. 20.

간만에 동묘역에 왔다. 여기를 오면 구경거리가 널렸다. 여기 와서 그 동안 사지 못했던 외국화폐를 꽤 많이 샀다. 20여 개국 가까운 돈이 있는데 이젠 30여 개국 머니가 있는 듯하다. 조만간에 찍어서 올려야겠다. 외국돈 쇼핑을 하는데 나이 드신 아저씨가 이것저것 얘기를 해주신다. 민속촌에서 장사를 하셔서 150개국 나라의 돈을 갖고 있다고 하신다. 그 아저씨의 가이드로 돈을 더 살 수 있었다. 특히 60년대 베트남 돈을 종류별로 다 샀다. 호치민의 얼굴이 있는 건 다 샀다. 외국 돈을 산다는 것도 이상한가?
식사를 거르고 거리의 쇼핑을 하면 엄청 배고프다. 먼저 배고픔의 해결을 하기 위해 식당에 들어가 앉으니 이런 글이 있네요.
"공부할 때 고통은 잠깐이지만 못 배운 고통은 평생 간다." - 2015. 5. 16.

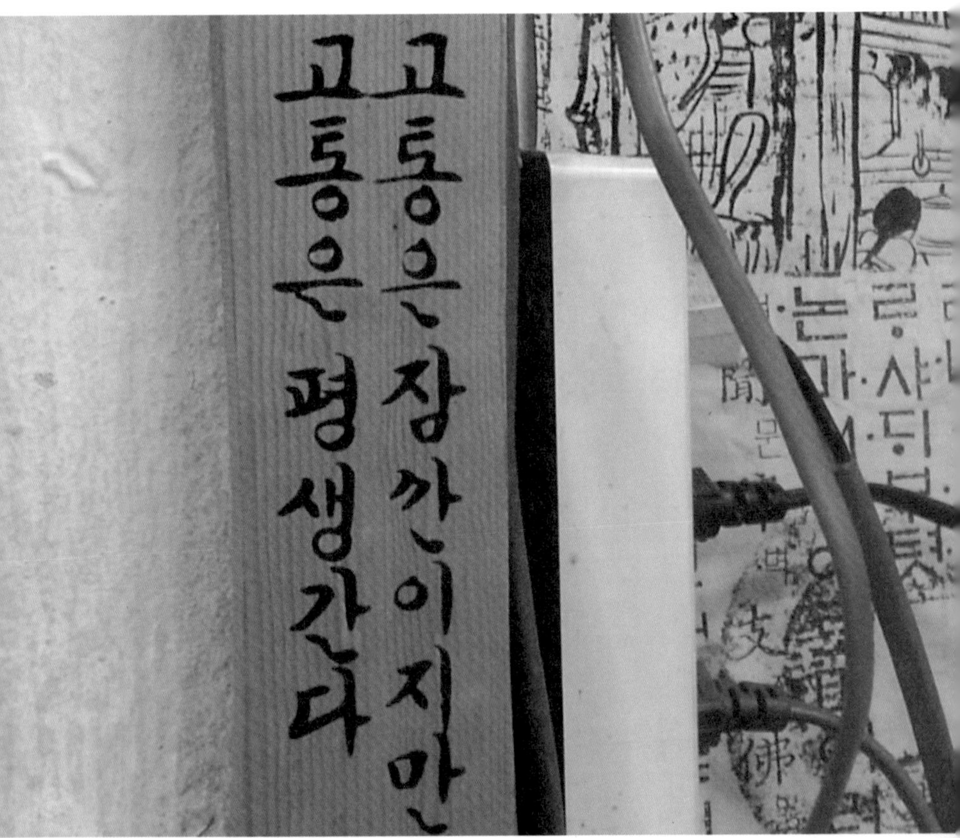

20대에 바람처럼 여행을 다닐 때 전남 진안의 마이산에 간 적이 있다. 그 당시에도 비포장도로가 있어서 버스는 흙먼지를 날리고 불편한 의자에서 삐걱대며 찾아간 마이산! 유명한 돌탑이 108기가 있는데 처음 만났을 때 경이로움과 신선한 충격에 나의 기를 눌러버렸다. 난 이 탑을 보고 입이 벌어져 한 사람이 이것을 쌓았다는 게 믿어지지 않았다. 사진속의 주인공인 이갑룡 처사다. 이 탑을 쌓은 이다. - 2015. 5. 30.

마다카스타로란 나라가 있다. 아프리카에서도 한참 떨어진 섬나라. 이 나라의 존재를 알게 된 것은 포토그래퍼인 신미식 선생님을 통해서다. 지난번에 동묘에 있는 벼룩시장에 갔었다. 명절 전이라 그런지 사람들이 벼룩보다 많았다. 난 주로 유심히 보는 게 카메라, 책, 외국돈, 특이한 사람을 관찰하는 것이다. 그날 난 1994년도 마다카스타로 돈을 발견해서 이 돈을 샀다. 난 평생 10개국 이상 가보는 게 소박한 나의 꿈이다. - 2015. 9. 30.

당신이 갖고 있는것에 대해 우선 감사하라.

당신 스스로 행운을 만들기로 마음 먹었다면
먼저 지금껏 당신이 이룬것들을
열심히 돌아보고 그것에 감사해야 한다.

건강, 가정, 가족의 사랑, 자신의 재능과 기술에 고마워한다면,
불행에 괴로워 하거나 일이 뜻대로 되지 않는다고
포기하거나 실망하지 않을 것이다.
오히려 자신에게 찾아오는 행운의 분명한 유형을 알게 되고,
더 많은 행운을 만드는데 주력하게 될것이다.

이른 아침부터 구걸을 다니시고 사지를 잘 못쓰시는 장애인 아저씨. 출근시간 때라 차는 계속 다니고 있었다. 사진기를 메고 가까이 가서보니 경사가 도로 쪽으로 져서 구걸하는 수레가 그쪽으로 쏠리니 온몸으로 반대편으로 고군분투 하며 밀어내기를 하고 있었다. 도와드리고 싶은 마음 간절했지만 난 그저 그를 피사체 이상 생각하지 않았다. 카메라만 메고 셔터 누를 준비만 했다. 난 거리의 비겁자였을까? - 2015. 10. 26.

시골에 살 때 아부지는 내 나이 10살 때 지병으로 돌아가셨다. 아부지를 대신하여 형이 생계를 이어갔다. 여름엔 농사로 겨울엔 나무땔감을 하다가 팔기도 했다. 1982년 1월 1일 청천벽력 같은 겨울에 칼바람처럼 집으로 온 소식! 형의 죽음이었다. 객지에서 전기기술자인 형은 철탑에서 바다로 떨어져서 최후의 죽음을 맞이했다. 그리고 과부인 엄니와 형의 부재로 장남이 되어버려서 땔나무를 엄니와 맡아서 했다. 고2까지 지게질을 해서 그런가. 지금은 숏(short)남이다. 그해 겨울 형은 얼마나 추웠을까? 스물여섯에 생을 마감한 우리 형. 늘 고맙고 죄송하다. 엉아야! 다음 생에 부잣집에서 태어나소서! 태어나소서!! - 2015. 11. 20.

태극기 사랑, 나라사랑이 이 정도라니… 학교 다닐 때 국기하강식 이 울리면 태극기를 향하여 가슴에 손을 얹고 하강식이 끝날 때까지 기다리고 했지. 백번 천 번의 말로 사랑하는 애국심보다 단 한번의 행동으로 보여주는 행동이 멋있다. 이 태극기를 보고 가슴 뭉클했다. 이렇게 해놓으신 분의 얼굴을 뵙고 존경의 큰절을 하고 싶다. 충주에서 만났다는 게 천만다행이다. - 2015. 12. 14.

겨울철에 한국의 경기는 계속 침체중입니다. 아웃도어도 시장이 포화상태라고 합니다. 양평이라는 도시를 관찰하면서 한 바퀴 돌아봅니다. 망해버린 아웃도어 가게 앞. 마네킹은 옷을 몽땅 뺏겨서 발가벗고 모델은 이 추운 겨울에 철저히 무장을 하고 있네요. 아! 추운 겨울이 빨리 지나갔으면 하는 바람입니다. 오늘도 여전히 춥네요. - 2015. 12. 19.

이 조각품을 딱 마주치는 순간, 이 시대의 20-30 세대의 현실을 보는 듯했다. 대부분 대학을 나와 일거리가 없이 백수에 실업자로 전락하는 젊은이들. 암울한 현실의 벽이 느껴진다. 그래도 살아보고자 노력하고 애쓰고 몸부림치면 얼마든지 성공할 수 있다. 요즘 청년은 머리로만 살려고 그러지 온몸으로 세상에 도전하지 않으려한다. 몸으로 살면 불편하고 힘들거든요. 청년이여. 21세기에 먹거리를 찾아서 다시 한번 뛰어봅시다. 홧팅!!! - 2015. 12. 20.

이 사진을 보면서 과거의 경험들이 살아난다. 2006년부터 2008년까지 난 현장에서 일하다가 네 번이나 추락을 했다. 마지막 추락은 내 목숨까지 앗아갈지도 모를 만큼 크게 다쳤다. 맹동공장에서 떨어져 119에 실려 진천 성심병원으로 실려 갔다. 너무나 고통스럽고 아파서 계속 눈물만 나왔다. 그리고 하나님에게 원망하면서 차라리 이 고통에서 벗어나서 죽게 해달라고 기도만 했다. 그 당시에 엄니도 고관절 수술을 하셔서 중앙병원에 입원을 하고 계셨다. 친권자인 동생에게 전화를 했더니 충주의 중앙병원으로 이송을 요청하여 중앙병원에서 차가 와서 중앙병원을 이송하였다. 진단을 받았는데 초진이 11주 이상에 대소변을 한 달 이상 다 받아내야 한다는 의사선생님의 진단. 진천에선 척추의 골절이 생겨 개복수술로 판정. 그러나 중앙병원에선 검사 후에 한 달 이상 꼼짝없이 누워있으면 된다고 판정. 눈앞이 캄캄했다. 이거 젊은 놈이 누워서 대소변을 어찌 해결해야할지 고민. 간병인 아주머니가 내 담당이었는데 난 죽지 않을 만큼 두세 숟가락 밥만 먹고 12일간 대변을 참았다. 도저히 누워서 큰 문제를 해결하기가 창피하고 내 자신이 용납이 안 되어 새벽에 몰래 일어나 정말 큰 거사를 치르듯 힘들게 해결했다. 그리고 하나님께 감사의 기도를 얼마나 많이 올렸는지 모른다. - 2015. 12. 23.

지금으로부터 13년에 난 카드폭탄을 터뜨리고 취직의 길이 막혀 할일이 없어서 현장 일을 다시 시작했다. 겨울이라 일이 없어 빈둥거리다가 전기 일을 소개받아 성남 신흥이라는 곳으로 일을 하러왔다. 안마시술소 리모델링이었는데 난 일의 종류를 따질 처지가 아니었다. 얼마 안 있으면 사랑하는 2세가 나오기 때문에 한 푼이라도 벌어야할 형편이었기에 추운 겨울을 이곳 성남에서 보냈고 와이프에게 좋아하는 귤을 원 없이 사다줄 수 있었다. 난 조공이었기에 그저 시키는 일만 했다. 기공이었던 두 친구들은 이제 이 세상 사람들이 아니다. 하나는 가정불화로 세상을 비관해서 스스로 목숨을 버렸고 한명은 뇌종양으로 수술도 했지만 수술 후 7년 후에 딸 하나를 남기고 가버렸다. 네 명이 이 공사를 했는데 이제 둘만 남았다. 한 잔하고 집에가는 도중 일한 곳이 보이기에 반대편에서 한 컷 찍었다. - 2015. 12. 28.

고등학교 때 엄니는 충주 탄금대로 상추를 따러 다니시는 일을 하셨다. 차비가 아까워 충인동에서 칠금동까지 젊은이 걸음으로도 한 시간 정도의 거리를 걸어 다니셨다. 그러시면서 참으로 엄니의 정량을 집에 가지고 오셔서 입맛이 없다며 늦둥이 아들들에게 아낌없이 나누어 주셨다. 돌로 삼켜도 소화가 왕성한 고등학교 시절 난 엄니가 받아온 빵과 베지밀 우유를 마셨다. 그 시절 우리 집은 보증금 100만원 월세10만원 살던 시절. 가스가 없어 곤로불로 밥을 하던 시절이었고 먹어도 뒤돌아서면 배고프던 시절. 그렇게 힘들게 살아도 한 달에 한 번씩 아들 둘을 데리고 삼겹살을 사주셨다. 당신은 비린내 난다고 안 드시고 아들들 먹는 거 구경만하시고 된장찌개에 밥만 드신 당신. 그런 당신의 삶이 얼마나 힘들고 고되게 사셨는지 이제야 알았네요. 엄니가 하늘나라에서도 상추를 따지 않고 편안하게 계셨으면 좋겠네요. - 2015. 12. 28.

지난번에 이어서 이번에 소래포구를 다시 갔습니다. 새해 첫날 여기를 택한 것은 34년 전에 오늘 일을 하다 철탑에서 떨어져 죽은 형님을 추모하기 위함입니다. 남은 가족들은 잊어버렸는지 모르지만 내겐 너무 생생하게 남아있습니다. 그 형님을 생각하면서 흐린 하늘처럼 내 마음도 슬픈 하루였습니다. - 2016. 1. 2.

나는 어떻게 살 것인가? 나와 똑같은 사람으로 태어나서 마지막으로 휴식을 취하는 곳. 자연에서 왔으니 자연으로 돌아가는 것. 흙에서 왔으니 흙으로 가는 것. 오늘도 하루를 어떻게 사는 것인가? 죽으면 땅속에 묻힐 때 관중이란 곳이다. 오늘 가장 추운겨울. 과연 어찌 사는 것이 옳은 것인가? 다시 인생과 삶을 생각하는 시간이다. - 2016. 1. 13.

내가 살아가야하는 이유는 무엇을 해야 하는 걸까요? 경제적 활동을 해야만 인정을 하는 걸까요? 기계처럼 일하는 자체의 삶이 싫어지네요. 하루 땡땡이를 치며 200원짜리 커피 한잔을 마시면서 마치 밖을 보는 관조자처럼 창 너머의 세상을 바라봅니다.
흐린 충주의 날씨입니다. - 2016. 2. 19.

우리 모두가 꿈을 파는 사람이 될 수 있기를 희망한다.
꿈을 꾼다면, 실패를 두려워하지 말길.
설령 실패해도 눈물 흘리길 두려워하면 안 된다. 만약 눈물을 흘리게 되어 죽음을 떠올리게 되더라도, 삶을 절대포기 해서는 안 된다. 항상 우리 자신과, 우리가 사랑하는 사람들에게 다시 한 번 기회를 주어야한다.

2009년6월29일 일기장에서 옮깁니다. 어느 여성의 글이 좋아 적어 놓은 듯 합니다. 사진은 작년 홍천에서 찍은 사진이구요. - 2017. 4. 29.

'거리의 포토그래퍼'란 별명을 충주에서 목회하는 친구가 별명을 부쳐줬다. 나는 일을 하지 않으면 내 애인 카메라를 메고 사방팔방 관찰하고 세상 구경하는 게 나의 낙이다. 간만에 온 서울역. 노숙자들이 많이 늘어난 듯하다.
귀국 후 맨 처음 들은 소식은 친구의 죽음이었다. 그것도 헬기에서 추락한 사고로 하늘나라로 갔다. 주위에서 들려오는 좋지 않는 소식들.

난 오늘도 열정의 아이콘. 도전의 아이콘으로 매 순간 감사하며 살아가고 있다. 월요일 흐린 날씨. 평택으로 일을 가기 위해 서류 제출하러 가고 있다. 더운 나라에서 추운 나라로 오니 옷부터가 부담스럽게 무겁다. 필리핀 친구들에게 한국의 하얀 눈을 보여주고 싶다. - 2016. 12. 26.

간만에 석촌에 왔다. 3주 만에 쉬는 휴식에 방에 쳐 박혀 잠자고 음악 듣고 책 읽고 하려다 과감히 바닥을 걷어차고 밖으로 나왔다. 택시를 타고 평택터미널로 가는데 어디 가느냐 묻기에 내 소개를 간략하게 하고 사진을 찍으러 석촌에 간다고 했더니 "좋은 취미 가지셨네요." 하시면서 부러워하는 눈치였다. 자기도 취미 하나 갖고 싶다며 수석 캐러 다니는 취미라도 가져야겠다고 말한다. 그냥 결심만 생각만 하고 있으면 절대로 취미를 시작할 수 없다. 바로 지금부터 실행하라. 행동으로 옮겨라. 아 유 레디(Are You Ready)? - 2017. 3. 5.

나는 작은 일에 감사하기 시작했고, 더 많이 감사할수록 내게 주어지는 포상금이 늘었다.
뭔가에 마음을 모을수록 그것이 커지기 때문이다.
삶에서 좋은 일에 마음을 모으면 좋은 일이 더 많이 생긴다. 내 삶에 무슨 일이 일어나든 감사할 법을 배우는 기회, 인간관계, 심지어 돈도 내게로 왔다.

몽골 보드카랑 몽골 머니 생일 선물로 왕창 받았다. 이번 생일은 대박 생일이었다. 정말 기분 최고로 짱!!! - 2017. 4. 11.

20대부터 막연한 꿈으로만 갖고 있던 장학재단PROJET가 있었다. 돈을 벌면 반드시 이룩하고 싶었던 일 중에 하나다. 드디어 엄니의 이름으로 꿈을 실현하기로 했다. 김연기는 엄니의 이름이다. 장학금 재단을 고민하다가 엄니의 이름으로 시작한다. 내가 돈이 많아서 아니다. 하지만 하나님께서 내게 주신 물질로 축복의 통로로 사용하고 실행하고자 하는 나의 몸부림이다.

하나님! 제게 이런 기회를 주셔서 감사합니다. - 2017. 4. 16.

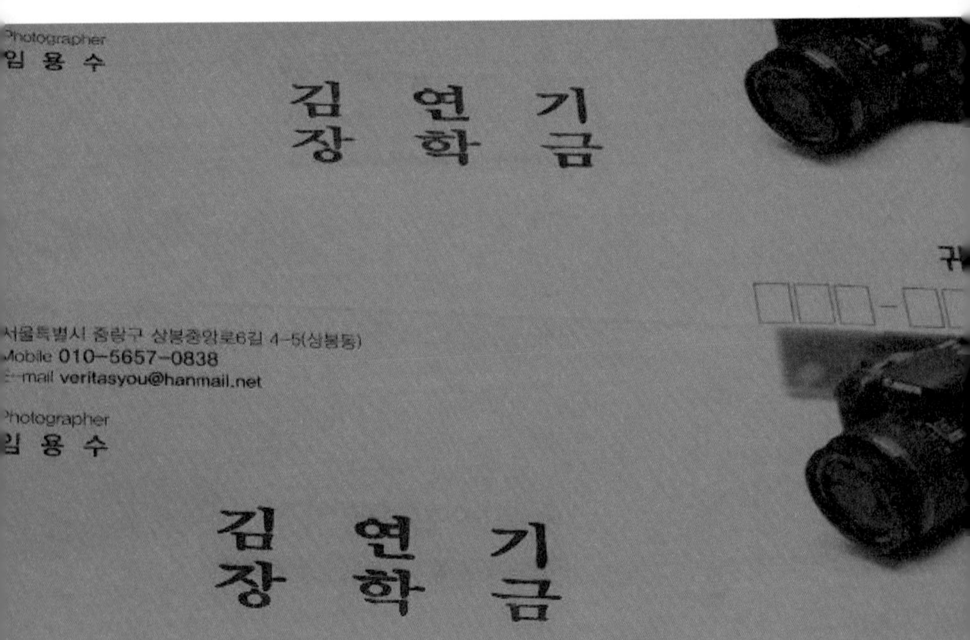

난 돈도 빽도 없는 촌놈출신이다. 학교 다닐 땐 공부는 수석이었으며 남들보다 더 잘했고 선생님들한테 칭찬도 많이 받았다. 동창회 친구들이 술 한 잔 하면서 하는 얘기. 학교에서 1등이 사회에서 1등이 될 수 없다고 늘 강변했다. 그래서 그런가 사회생활은 늘 꼴찌였다. 근데 난 친구들처럼 맹목적이고 기계적인 삶이 싫어서 그런 것일까? 늘 꼴등에 경제력 최저 하위. 더 이상 물러설 수 인생의 상황에서 목숨을 담보로 최선 최고를 위해 열심히 살았다. 그래서 10년이 넘은 지금 내 분야의 최고 팀리더로 살아가고 있다.

내가 제일 잘하는 것은 돈 안들이고 인사하는 것이다. 오늘도 인사를 잘하자!!! - 2017. 4. 24.

28세의 짧은 삶을 살다가 간 시인 윤동주. 그를 서울 시청역에서 만날 줄이야. 30살 이전에 죽은 것을 요절이라고 하는 것 같은데. 그의 대표적인 작품 중에 하나가 서시와 별 헤는 밤 등이 있는데 현대인들은 그를 떠올리면 '별'과 '부끄러움' 등이 있다고 한다. 하늘을 우러러 한 점 부끄럼 없던 시인이지만 난 부끄러운 부문이 너무 많아 고개를 못 들겠다. 영원한 청춘 시인을 뵙게 되어 반가웠다. - 2017. 5. 1.

휴일의 시간이 가고 있다. 전혀 생각지도 않았는데 가끔씩 일나오면 가는 장당동 근처의 큰사랑 교회에 가서 예배드리곤 했는데 휴일이면 난 포토그래퍼로 변신을 한다. 카메라 메고 왔더니 교회30주년이란다. 초대받고 의뢰받은 것도 아닌데. 즉석 제안으로 난 기념 사진사로 변신했다. 그리고 귀한 대접도 받았다. 포토그래퍼의 위력을 과감히 표현한 모습이었다. 카메라를 메고 새로운 피사체를 찾아 돌아다닌다. 카메라 가방에 카메라 바디2대 렌즈 3개를 들고 다니니 무게하중 때문에 어깨끈이 오래 가지 못한다. 어깨끈이 튼튼한 걸 사러 잠실에 왔는데 내가 찾는 게 없다. 카메라를 한대씩 분산시켜 다니기로 하고 가방을 사고 시내거리로 나왔다. 일본서 보고 지난번에 신촌에서도 보고 시계는 비슷하네. 타지에 와서 일하면서 난 누구보다도 시간 관리에 철저했다. 시간에서 승리해야만 뭐든지 할 수 있다고 생각하기에. 세상에 우뚝 서서 외치고 싶은 말.

"시간은 금이다!!" - 2017. 5. 29.

롯데월드타워123층 공사에 참여했던 사람들 중에 내 이름도 당당히 일한 사람들 명단에 올라가 있다. 지난 번에 출사하면서 내 이름을 발견했다. 가문의 영광일세나!!

엄니!! 보이소!! 엄니 아들이 엔지니어로 새겨졌네요.
- 2017. 12. 2.

2차 김연기장학금은 참 고민을 많이 했다. 여름에 4개월 동안 실업상태라 경제는 마비상태. 몸이 아파서 제대로 먹는 것도 부실. 여기서 한번으로 중단사태가 될 위기상태. 힘들어도 강행을 했다. 1차에 이어 2차도 천안의 사랑의 교회로 정했다. 이번엔 100달러로 지급을 했다. 장학금 수여식이 끝나고 목사님이 대표로 기도는 하는 도중에 돌아가신 엄니가 생각났다. 그 시절 엄니와 우린 보증금100에 월세10만원에 살았다. 엄니는 자루공장에 다니면서 평균 25만원 급여를 받으셨다. 엄니는 월급날 늦둥이 아들들 삼겹살을 식당에서 사주셨다. 당신은 냄새가 나서 고기는 드시지 않았지만 아들들을 위해 헌신과 사랑을 주셨다. 그런 엄니 생각과 그 힘들게 노동을 하시면서 아들들 뒷바라지 하신 일이 떠올라 교회 바닥에 주저앉아 통곡을 했다. 말로써 생각으로 끝나는 게 아니라 실천을 통한 행동력!
그리고 삼겹살 10만원 어치로 응원을 했다!

어무니! 사랑합니다. 감사합니다. 고맙습니다. - 2018. 8. 31.

코로나 바이러스가 전세계를 혼란에 빠뜨리고 있다. 보이지 않는 새로운 인류의 적들이 나타나 수많은 생명을 앗아가고 있다. 코로나에 마늘이 좋다고 하여 집에도 토종마늘을 사다가 놓고 먹고 있는 중이다. 얼마 전에 충주에 가서 일 끝나고 식당에 가서 나온 반찬인데 정말 맛이 새로웠다. 처음 먹어보는 맛인데 집에서 놔두었는데 싹이 나온 것을 마늘 장아찌를 만든 것이란다. 마늘로 이런 요리도 가능하네요. 코로나를 극복하고 다시 활기찬 날들이 오기를 기대해봅니다. - 2020. 3. 21.

임용수 포토에세이 3부

책속에길이 있다

나의 책읽기는 중학교부터다. 난 동네에서 친구가 없었다. 책은 나의 자연스런 친구가 되어 주었다. 대학시절 공부에 취미가 없었다. 졸업까지 3000천권 책을 읽으려고 목표를 정하고 책읽기에 도전했다. 엄청난 도전이었다. 지금도 나의 책읽기는 무한도전이다. - 2013. 12. 13.

스물일곱 대학을 졸업하고 새벽에는 신문을 돌리고 낮에는 매형 밑에서 설비를 하고 저녁에는 학생을 가르치는 야학을 통하여 봉사활동을 했다. 잠자는 시간은 네 시간 정도였다. 정말 목숨 걸고 산 시절이었다. 이 사진은 신문에서 스크랩을 해서 일기장에 붙여 둔 것이다. 이 그림처럼 평생 마음껏 책을 읽는 게 소원이다. 이십대에는 책 선물 받을 때도 많았는데 사랑의 교회 유대식 목사님으로 부터 크리스마스 선물로 책 선물을 받았다. 책속에 묻혀 평생 질리도록 책을 사랑하련다. - 2013. 12. 23.

◇「도서관」。 한잔의 커피를 앞에 두고 책을 읽는 현대판 선비의 모습이 해학적으로 묘사됐다。

산다는 것과 죽는다는 것 진리에 대하여 치열하게 고민하던 이십대와 삼십대 초에 만난 책이다. 사진은 현각스님이다. 구도자와 진리에 관한 책들을 보고 읽었는데 기독교, 불교의 구분과 초월하여 다방면에서 책을 보았다. 난 지금도 기독교인이지만 신앙과 믿음에 관하여 세상살이에서 기독교인이 배울게 많다고 본다. 종교의 본질은 수단이 아닌 목적에 있다고 본다. 왜곡된 가치로 보여지는 것을 신앙의 잣대인양 하는 사람들 때문에 상처도 많이 받았었다. 진리를 라틴어로 베리타스라고 한다. 내 삶에서 가장 중요한 요소다.
진리를 위해 목숨 걸고 사는 사람들을 사랑한다. - 2014. 1. 27.

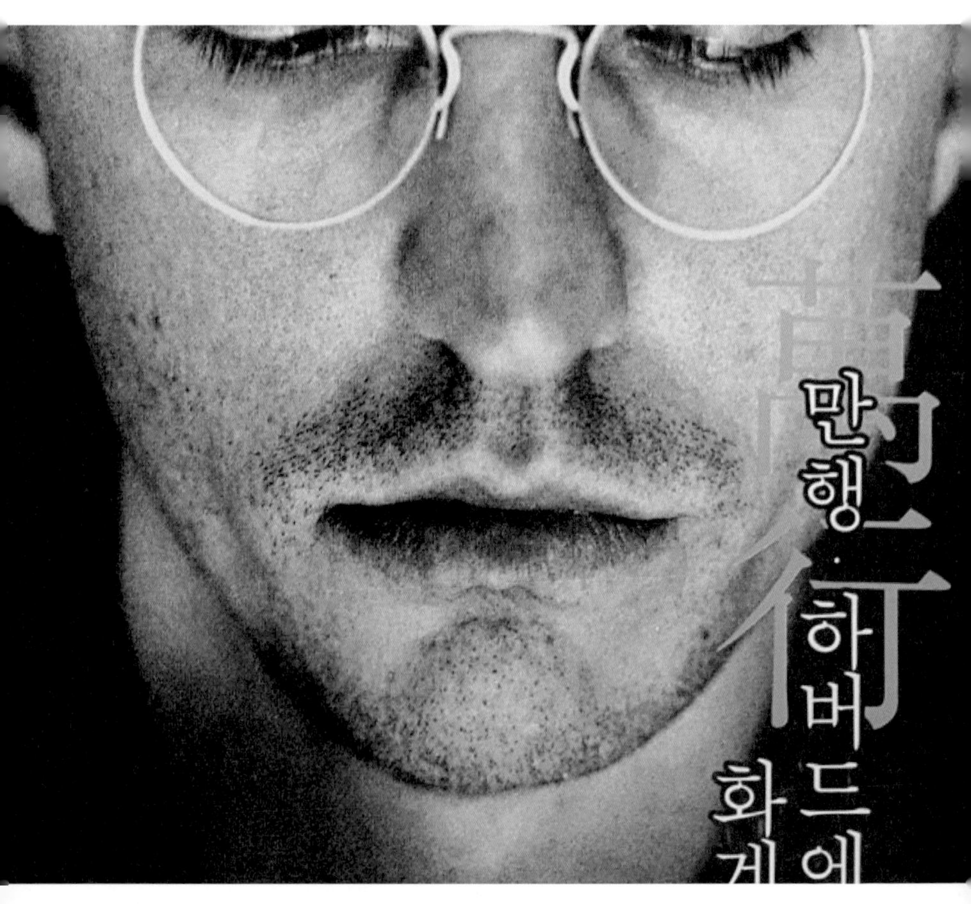

정약용 선생님의 초상화입니다. 평생 500여권 책을 저술하신 분입니다. 내가 존경하는 분입니다. 근검과 청빈, 평생의 공부와 끊임없는 사유와 사색을 하신 그분을 존경합니다. - 2014. 1. 28.

나의 20대 시절 책 사기와 책 읽기에 목숨을 걸었던 것 같다. 사방으로 책을 재두고 읽고 또 읽고 책 사랑에 빠졌던 20대, 나의 책 사랑은 지금도 진행 중이다. 그 시절엔 책 선물도 많이 받았는데 지금은 한 권도 못 받는다. 지난주에 이문열의 삼국지를 두 번째 읽음을 일년 간에 끝나고 정비석 삼국지를 1권을 읽었다. 현대체로 쓰여 있어 김동리 삼국지, 이문열 삼국지보다 재미가 덜하다. 다음에는 무슨 책을 읽을까? - 2014. 3. 22.

숙소에서 집까지 가려면 전철로 한 시간 30분 정도가 걸린다. 난 그 시간에 거의 독서를 한다. 요즘 많이 게을러서 책을 멀리한 듯하다. 그래도 주말마다 전철에서 3시간 정도 책을 읽을 수 있다.

집에서 오면서 난중일기를 읽으면서 왔다. 1975년에 나온 책인데 책값은 1750원이었다. 세로쓰기와 한문이 많이 나와 불편함도 있지만 그래도 읽을 만하다. - 2014. 3. 30.

현재 내가 쓰고 있는 메모장, 북리뷰, 일기장들이다. 메모장에는 타이틀로 "메모는 승리의 기술이다", "내가 먼저 명품 인생이 되자" 등등이 적혀 있었고 다른 메모장에는 이런 내용이 적혀 있다. "움직일 수 있음에 늘 감사하고 지금 이 순간 최고의 시간이다", "내일은 없다, 지금 이 순간 미루지 말고 늘 웃으며 행복하게 큰 기쁨이 옵니다"가 적혀 있었다. 그리고 일기장에는 박근혜 대통령의 공약이 적혀 있어서 다시 한 번 봤다.
나는 늘 책을 내겠다고 큰소리만 쳐댔다. 이제 조금씩 실천을 해야지. - 2014. 4. 20.

고등학교 때 나의 우상이었던 이외수 선생님! 그 분이 쓴 책들은 거의 다 읽었다. 소재가 우울하거나 주인공이 불행하게 죽는 내용 등을 적어 이분께 편지를 썼다. 편지의 내용은 희망적이고 낙관적인 책도 써달라고 그랬더니 책과 함께 엽서도 보내주셨다. 난 이걸 받고 너무 기뻐서 책에다 얼마나 뽀뽀를 많이 했는지 모른다. 이사를 20번 넘게 다녔는데 내 곁에 살아남았다. - 2014. 4. 20.

남아수독오거서(男兒須讀五車書)란 말이 있다. 즉 남자는 다섯 수레에 해당되는 만큼 책을 읽어야한다. 난 그만큼 보다도 더 많이 읽었다고 자부한다. 1000권 책을 읽고 밑줄 친 것을 메모하기 등은 지금도 그 일을 하고 있다. 일을 하고 피곤해서 며칠 동안 책을 못 볼 때도 있지만 포기는 없다.
도전과 열정으로 행동하자!! - 2014. 5. 15.

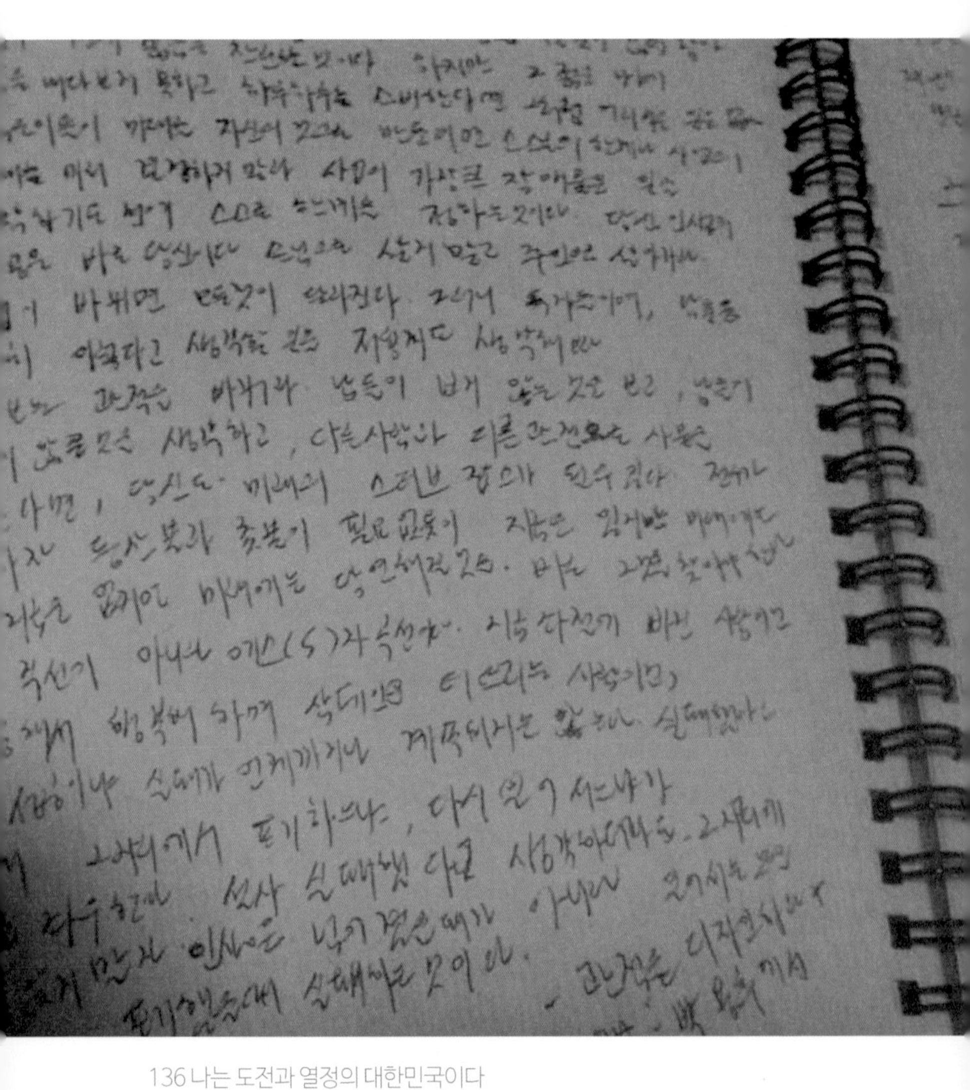

나의 일기장이다. 초등학교 5학년부터 쓰기 시작한 나의 일기. 일기 쓰기 습관은 작가가 되려면 일기를 써야 한다는 걸 책에서 보았기 때문이었다. 지금도 내 서재에 가면 내 나이보다 많이 써놓은 일기장과 메모장들이 있다. 나 혼자 써놓은 것들, 좋은 글귀들!! 조금씩 카카오에 올릴 것이다. 그리고 내 손으로 책을 낼 것이다. 목숨 걸고 도전!! - 2014. 6. 4.

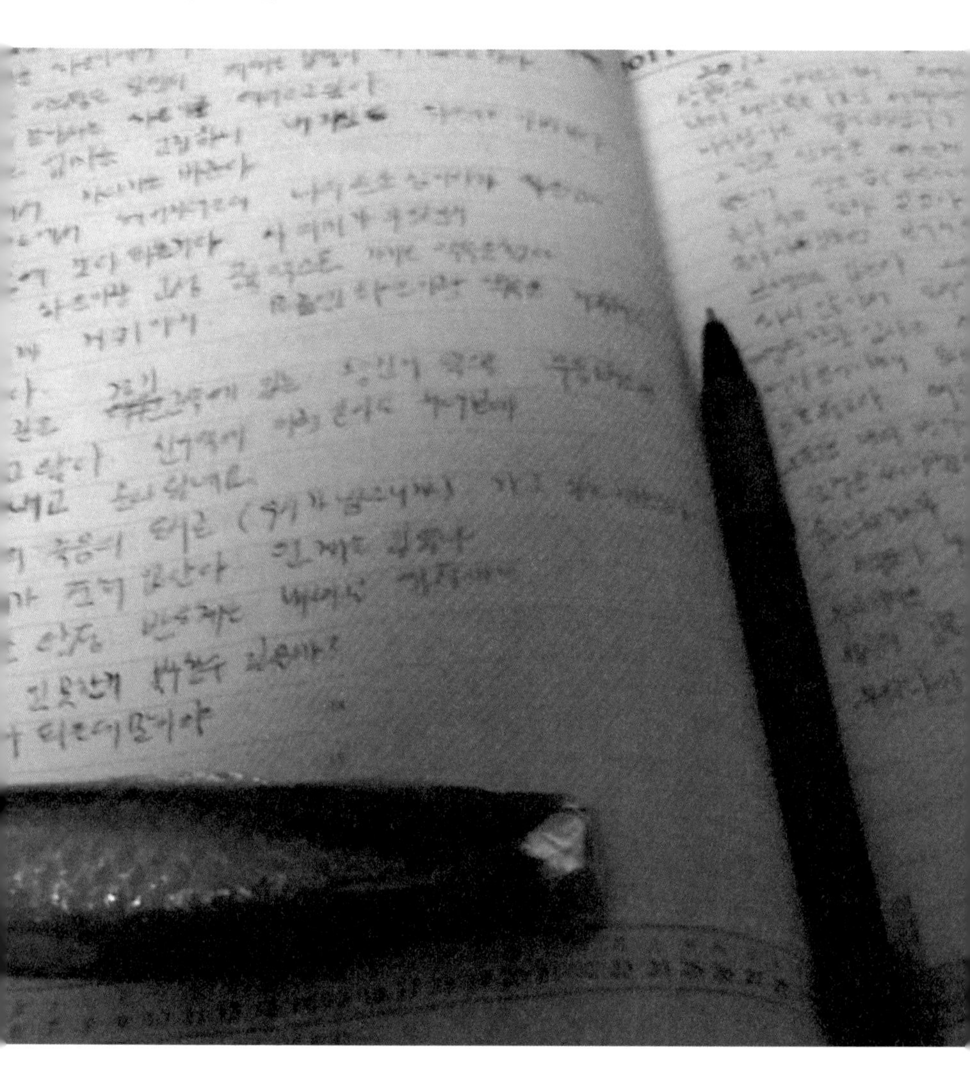

얼마 만에 가져보는 느림의 휴식인지 모른다. 늘 쫓겨 살다가 간만에 들른 교보문고!! 월급날이 며칠 남았건만 총알을 날려 오늘 두 권의 책을 샀다. 한 권은 스마트 폰으로 일년에 만장을 찍어 사진전까지 개최한 책이었고 다른 한 권은 전쟁이란 책이었다. 간만에 마음의 양식이 쑥쑥 자라는 것 같다. - 2014. 6. 5.

저녁에 퇴근 하면서 시원한 서점에 가서 책을 샀습니다. 몇 년 전만 해도 책을 산다는 것은 언감생심(焉敢生心)이었습니다. 지금은 경제상황이 많이 좋아졌기 때문입니다. 일주일 전에 장사의 신이라는 책 광고를 지하철 역사에서 보았는데 내가 읽어볼 가치가 있을 것 같아서 두 권의 책을 샀습니다. 그리고 지금까지 산 볼펜 중 가장 비싼 13,500원 짜리 볼펜도 샀습니다. 꽤 무겁던데 열심히 명작을 위해서 쓰겠습니다. - 2014. 8. 1.

퇴근 후 비가 오는 바람에 알라딘 중고서점에 들렸습니다. 서점에 들어서면 오싹할 정도로 시원한 에어컨바람이 나를 반깁니다. 오픈된 천장마감 작업을 하는데 전기의 등으로 불이 있어서 보통 더운 게 아닙니다. "빨리빨리"를 원청과 사무실 관리자들은 외쳐대지만 쉽지 않는 작업입니다. 남은 작업들이 능률을 올릴 수 없는 여건입니다. 하루를 일하고 퇴근할 때 알차고 보람이 있습니다. 책들을 구경하고 사진을 찍으려 할 때 연인이 그 자리에 독차지하고 시원한 책 쇼핑을 하면서 서로 주거니 받거니 대화를 합니다. 이런 사람들은 실컷 책 구경만 하고 절대로 책을 사지 않습니다. 하도 책방을 다녀봐서 그 정도의 눈치는 있습니다. 기다리다 그들이 잠시 컴퓨터로 검색하러 자리를 비웠을 때 찍어봤습니다. 지금 저녁에 여긴 비가 옵니다. 책읽기에 좋은 시간입니다. 오늘은 책이야기입니다.
그리고 사진의 마지막 글귀
"유독 서점에서는 예쁜 여자를 보면 거의 심장이 멎는다."
그런 여자를 만나보고 싶은 저녁입니다. - 2014. 8. 13.

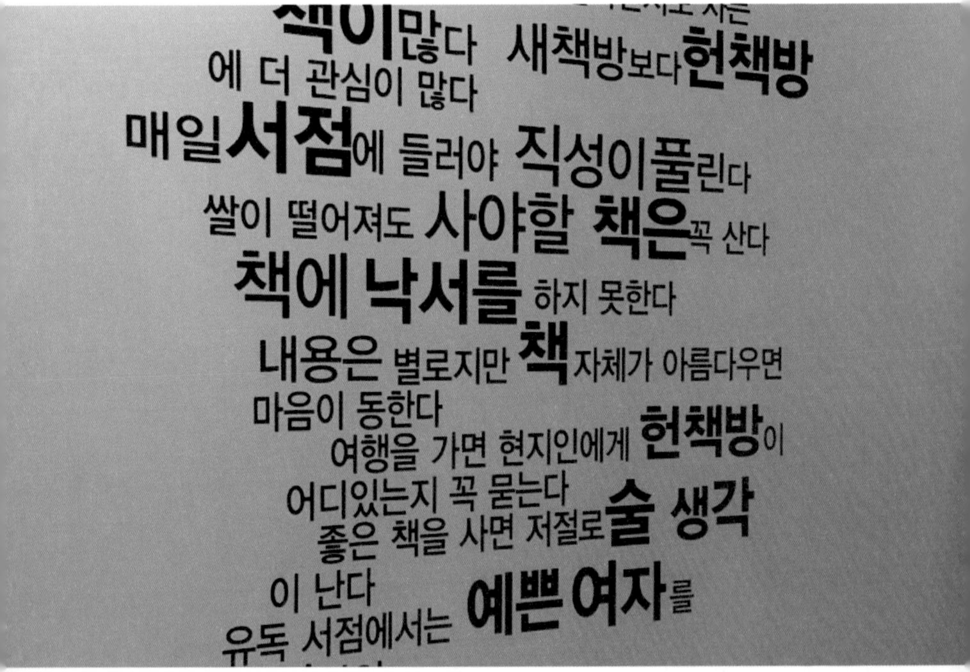

학창시절에 삼국지를 읽다가 몇 번을 포기했습니다. 꽤 늦은 나이에 40에 접어서 삼국지를 다 읽었습니다. 현장에서 일이 끝나고 숙소에 들어와서 다른 분들은 TV를 보거나 한잔씩 걸치는 게 그들의 낙입니다. 난 틈나는 대로 삼국지를 읽었습니다. 그리하여 이문열 삼국지 두 번, 김동리 삼국지 두 번을 읽었습니다. 거기에 등장하는 수많은 영웅들이 난세와 전쟁에서 등장합니다. 그중에서 조자룡이라는 장수가 등장하는데요. 그는 삼국지에서 유일무일하게 오직 승리만 한 인물입니다. 한 번의 패배도 없이 백전백승을 한 인물입니다. 삼국지에서 등장인물 중 단 한 번의 패배도 없이 승리만 한 장수는 조자룡(조운)이 유일합니다.
오직 승리! 세상 어디에서든 승리만을 위해 찍은 사진입니다. - 2014. 8. 30.

간만에 청량리를 다녀왔네요. 시대의 흐름을 빗겨가는 곳 같은데요. 이곳에 오면 책방에 꼬옥 가보는데요. 서점마다 각각의 특성이 있어 한 번씩 둘러보는 재미. 다른 것보다 책 읽는 시간에 투자합니다. 1000권의 책을 읽고 밑줄 긋고 노트에 요약하기가 지금도 진행 중입니다. 하루에 조금이라도 책 읽는 습관이 중요하겠지요.
- 2015. 12. 18.

Augus

1번에 100%로
바꾸기는 어렵습니다
1%씩 100번
바꾸기는 쉽습니다

1번에 100%로 바꾸기는 어렵습니다.
1%씩 100번 바꾸기는 쉽습니다.

책속에 길이 있다.
길이 없다고 헤매는 사람의 공통점은 책을 읽지 않는데 있다.
지혜가 가득한 책을 소화시켜라.
하루에 30분씩 독서 시간을 만들어 보라.
바쁜 사람이라 해도 30분 시간을 내는 것은 힘든 일이 아니다.
하루에 30분씩 독서시간을 만들어 보라.
학교에서는 점수를 더 받기 위해 공부하지만,
사회에서는 살아남기 위해 책을 읽어야 한다. - 2016. 3. 19.

요 근래 최고로 책을 많이 샀다. 나 자신에게 투자한 것이다. 20대 30대에 엄니로 부터 책에서 밥이 나오냐? 돈이 나오냐? 그만 사 오라는 잔소리를 엄청 들었다. 누이들도 1년에 몇 번 와선 엄니와 똑같은 소리를 했다. 20대에 난 정말 남들이 상상할 수 없을 정도로 독서삼매경과 책사랑에서 젖어서 헤어 나올 수가 없었다. 열성적인 외모 탓에 여자들로부터 늘 거부당하기가 수십 번. 연애 한 번 못해봤다. 외롭고 우울할수록 난 책속으로 나를 맡겼다. 20대 땐 내 방엔 거의 만권 가깝게 책을 소유하고 있었다. 지금은 95프로 어디론가 다 날아갔지만 젊은 날의 나의 초상은 책과 함께한 날이어서 행복했다. 이젠 내공 속에 머물러 있는 것들을 세상으로 끌어내어 세상의 새로운 결과물을 내 놓을 것이다. - 2017. 4. 9.

나만의 서재다. 셋째 매형의 직업은 목사님이시다. 중학교 때 나는 나만의 서재를 갖는 게 꿈이었다. 시골에선 정말 상상하기도 힘든 불가능한 듯한 꿈이었다. 목사님이신 매형은 자신만의 큰 서재가 있었다. 셋째 누나 집에 가는 이유는 주일날에 예배드리러 가는 것보다 서재의 책 구경과 독서에 관심이 더 많았다. 주일날 매형이 교회에 가시면 그때부터는 내 세상. 회전의자에 앉아 세상에서 가장 편한 자세로 독서 삼매경에 빠져든다. 지금 생각하면 정말 행복한 시절이었다. 대학교 졸업하고 스스로 경제적 활동을 하기 시작하자 월급의 30%이상을 책에 투자했다. 엄니와 누이, 마누라는 책을 쓰레기로 취급했지만 내겐 가장 큰 보물이다. 평택으로 이사오면서 다시 서재를 안방에다 만들었다. 난 정말 이 책으로 죽을 때까지 독서를 할 예정이다. - 2017. 5. 27.

내 서재다. 셔터를 누르다가. 잘못 누른 탓인데… 서재에 안 읽은 책들도 많다. 그렇지만 세상의 서점에서 책 사다 나르기에 더 유혹적이고 욕심이 더 많다. 하은이에게 이 책들을 유산으로 남겨주려 한다. 요즘 부모에게 유산으로 돈만 물려받으려고 난리들이다. 돈도 삶에서 중요하지만 무엇보다 세상을 살아갈 때 지혜를 선물하는 것도 중요하지 않을까 싶다. - 2017. 8. 25.

내 책상이다. 노트북으로 음악을 듣거나 인터넷도 하다가도 집중적으로 책 읽는 공간이다. 지상에서 가장 편한 자세로 책을 읽고 있다. 아직도 읽어야할 책들이 산재해 있는데 삶의 공간에서 누구에게도 방해 없이 책을 읽고 노트에 정리를 한다. 행복하다는 것은 자기의 여유에서 오는 것이 아닐까? 조만간 일을 시작하면 정신없이 일만할 터이니… 친구하고 마라톤 대화를 가끔 하는데 세상의 모든 것이 소재가 되고 주제가 된다. 앞으로의 삶의 목표가 무엇이냐 묻기에 난 죽을 때까지 공부하는 것일 것이라고 했더니 친구가 껄껄껄 거리며 웃었던 기억이 난다. 공부란 해도 해도 끝이 보이지 않지만 독서를 하면 내공이 강해지고 남이 볼 수 없는 것. 남이 느낄 수 없는 것. 남이 생각할 수 없는 것… 창조적 지성이 쌓인다. - 2017. 9. 11.

요즘은 책읽기 참 좋은 시간이고 계절이다. 지천명에 세상에 몰두하고 온몸으로 세상을 일해야 할 때이지만 나의 책읽기는 고등학교 때부터다. 엄니는 책을 산다고하면 아무리 어려워도 책을 사주셨다. 4년 전에 사놓고 일단 중단한 책을 오늘에서야 완독을 했다. 조선의 의사들은 본질에 가까운 의사들이다. 사명감으로 온몸을 불사르며 산 이들이다.
음악과 함께 조용한 책읽기… 행복한 가을이 오고 있다. 10월부터 게으른 몸을 털어버리고 전적으로 일만 해야 한다. 요즘은 일을 할 수 있는 것도 행복해야 하는 거다. 가을로 가는 밤 시간 조용한 적막도 나의 친구다. - 2017. 9. 27.

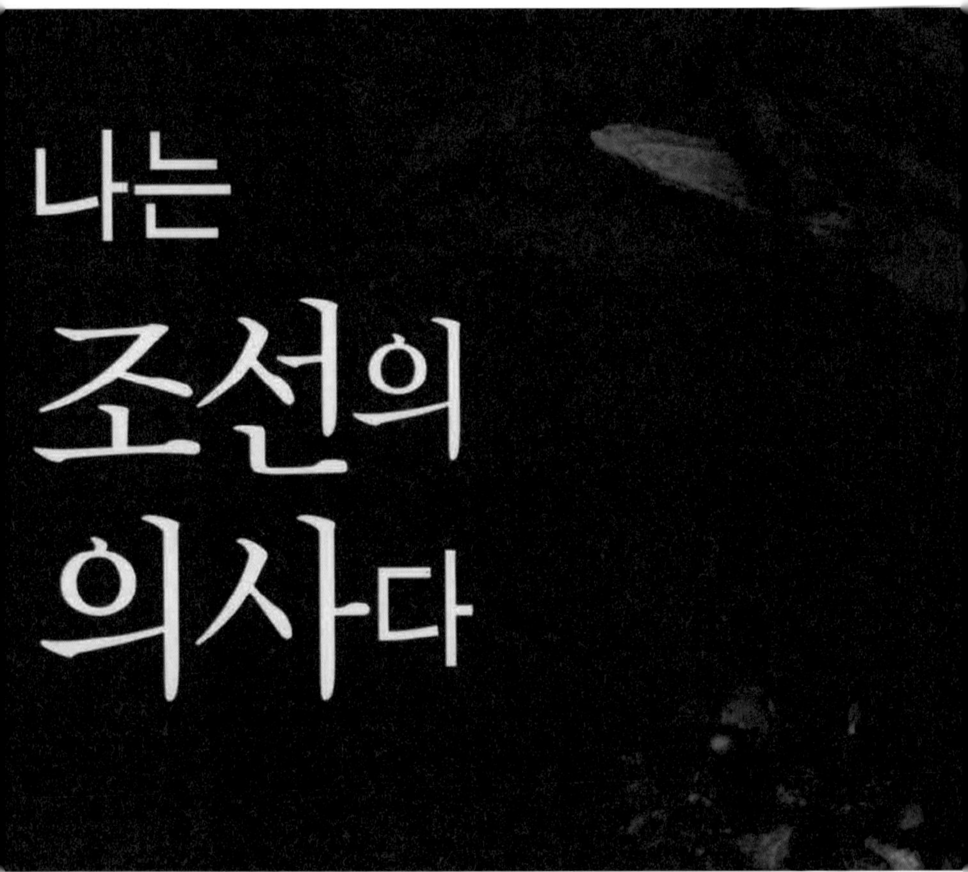

20대에 이념!! 삶속에서 밤새도록 책을 읽던 시절이었다. 학교 졸업 후 닥치는 대로 돈을 벌어서 수입의 40프로를 책을 사는데 투자를 했다. 미래를 위해 저금을 하기보다 돈만 생기면 엄청나게 책을 사서 집으로 날랐다. 지금까지 내 곁에 남아있는 조정래 선생님의 책. 태백산맥이라는 책을 보니 세월의 흐름이 느껴진다. 그 시절처럼 열정적으로 책을 읽지 못하였지만 가까이하려 노력하고 있다. 스마트폰을 접어두고 책을 들어보자! - 2019. 5. 2.

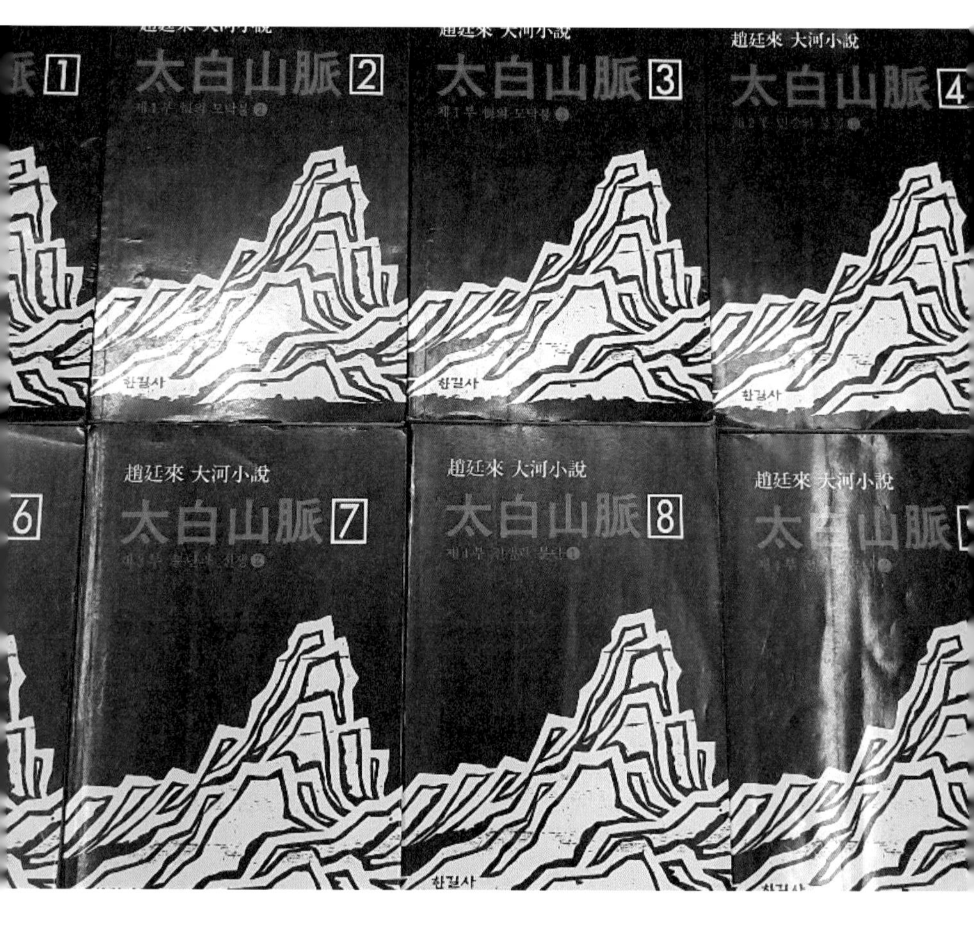

나의 책읽기는 중학 때부터 시작된다. 눈에 보이는 책들과 잡지책, 만화책(교과서는 제외) 보이는 대로, 책이 잡히는 대로 읽어나갔다. 군대에서도 책을 많이 읽었지만 대학시절에 정말 많은 책을 읽었다. 대학시절에 여자에게 인기가 없던 시절이라서 3000권이 독서 목표량이었다. 주말 알바해서 돈을 벌면 가장 먼저 책부터 샀다. 광화문에 있는 교보문고도 많이 가본 시절이었다. 대학 때 행복한 책읽기 목표는 도전에 성공 못 했지만 늘 돈이 없어 배가 고팠지만 행복했었다. 20대에 사회에 나와 월급 타면 평균 30만원어치 책을 사다 날랐다. 육체적 양식보다 마음이 양식에 늘 갈급했고 행복했다.
신용불량이 되고부터 10년 이상을 거의 책을 사서 읽지 못한 시절에 경제적 궁핍, 마음의 결핍, 영혼의 결핍이었다. 그 대신 세상이라는 책을 엄청 탐독을 했나. 20내, 30내 초반까시 시독한 비관석 염세주의자였으며 "40세까지 책 한 권 세상에 내놓고 자살로 인생마감을 하자"가 내 인생 PROJECT였었다. 신앙을 믿음으로 받아들이고 나서 난 낙천주의자, 감사의 아이콘, 희망의 아이콘으로 서서히 변해가고 있었다. 사진의 책들은 세상 사람들에게 추천해 주고 싶은 책들이며 책속에 내용들은 삶속에 희망과 꿈들을 이야기 하고 있다. 지금도 행복한 책읽기는 현재진행형이다. - 2020. 3. 30.